旅伴文库·小说精品城际阅读

聂震宁 / 总主编
贺绍俊 / 主编

初恋两种

夏商——著

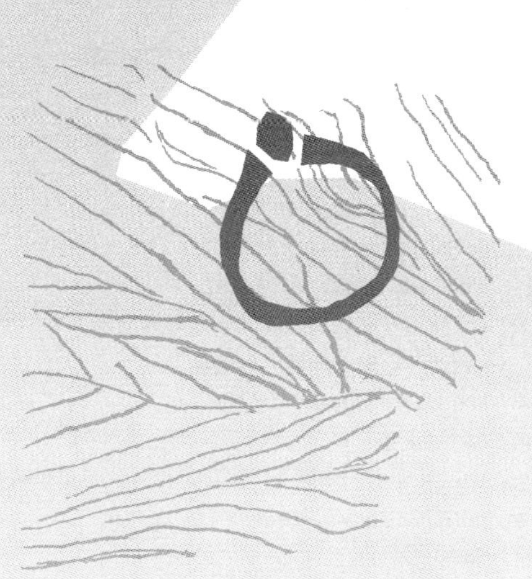

漓江出版社
·桂林·

图书在版编目 (CIP) 数据

初恋两种 / 夏商著 .-- 桂林：漓江出版社，2022.1

（旅伴文库：小说精品城际阅读）

ISBN 978-7-5407-8936-7

Ⅰ . ①初… Ⅱ . ①夏… Ⅲ . ①中篇小说—中国—当代 ②短篇小说—中国—当代 Ⅳ . ① I247.5

中国版本图书馆 CIP 数据核字（2020）第 192197 号

CHULIAN LIANGZHONG

初恋两种

夏商　著

出版人：刘迪才

丛书策划：张谦

责任编辑：王坤

书籍设计：石绍康

责任监印：张璐

出版发行：漓江出版社有限公司

社址：广西桂林市南环路 22 号　邮编：541002

发行电话：010-65699511　0773-2583322

传真：010-85891290　0773-2582200

邮购热线：0773-2582200

电子信箱：ljcbs@163.com

微信公众号：lijiangpress

印制：朗翔印刷（天津）有限公司

［天津市宁河区潘庄工业区六经路南侧　天津市鹏赢工贸有限公司院内 5 号厂房　邮编：301508］

开本：880 mm × 1230 mm　1/32

印张：6.75　字数：76 千字

版次：2022 年 1 月第 1 版　印次：2022 年 1 月第 1 次印刷

书号：ISBN 978-7-5407-8936-7

定价：58.00 元

目 录

Contents

总 序

聂震宁

《旅伴文库》乃应时而生的出版项目。当今之世，既是提倡全民阅读之时，又是全民旅行已成热潮之际，正应了古人“读万卷书，行万里路”的人生信条。究其实，现代交通工具大大方便了百姓的出行，旅行几乎成了普通民众的一种生活常态，“行万里路”已成简单的事情；而全民阅读则还在国家、社会的提倡中，普通人真正要“读万卷书”，似乎还比较困难。然而，唯其难，故而需要多方设法推动，长期用心提倡。漓江出版社策划设计这一文库，既顺应了现代人出行的需要，更是为全民阅读助力，颇具趁旅行热潮助推全民阅读，借全民阅读提升旅行质量的匠心。

相比较已经形成热潮的旅行，全民阅读似乎还不够热。尽管国家为倡导全民阅读加大力度，各级政府为开展全民阅读提供政策支持，每年“世界读书日”各地开展活动有声有色，“书香中国”活动在全国范围风生水起，家庭阅读、校园阅读、社区阅读、机关阅读渐次开展，有识之士一直在呼吁让阅读成为一种生活方式，然而，平心而论，许多主要是在外力推动下开展起来的阅读，距离“让阅读成为一种生活方式”愿望的实现，还有长路要走。

如何才能让这一愿望成为现实呢？我们以为，让阅读与日常生活相伴或许是努力的主要途径。全民旅行热潮形成，旅行已经成为普通百姓的一种生活方式，提倡在旅途中阅读也就是比较自然的事情。国际上曾有过“中国人不爱读书”的负面评价，评价者所举证的，正是旅行途中许多发达国家人士在读书，而许多中国人并不读书，颇使得许多极具荣誉感和自尊心的国人心中不爽。其实，要改变这一国际负面印象并不困难，最直接的办法就是让更多国人在旅行途中读起书来。当然，在旅行途中读书并非为了做样子给国际人士观赏，挣回一点面子，而是全民阅读之树必然开出的日常生活之花。《旅伴文库》正是为了催生这美丽的花朵而做出的努力。《旅伴文库》的出版宗旨“人生漫旅，好书伴你”，就是出版人真诚而温馨的承诺。

事实上，开展在旅行途中的阅读，对于提高我国旅游事业的质量也是大有裨益的。对于国人的旅行，一直都有些负面的评价，认为其盲目、简单、粗糙，缺少文化内涵和审美情趣，还有就是不读书。这些负面评价已经成为国民素质不高的重要证据。知书达理或知书达礼，不爱读书的民族谈何文化内涵和审美情趣！于是，近些年来，就有许多关于改善旅行生活、提高旅行质量的意见提出，其中有一条意见颇具感染力，那就是“带一本书去旅行”。

“带一本书去旅行”，其直接的用意是让人们在旅行途中闲暇时刻不至于无所事事。古人主张“第一等好事还是读书”，那么，人在无所事事时，第一等好事更应当是读书了。人在旅途中，休闲时也要保持着优雅的生活姿态，而阅读正是一个人最优雅的生活姿态。旅行是一个发现美、欣赏美的过程。“带一本书去旅行”，既可以读书明理，也可以直接帮助我们丰富旅行知识，探寻美的存在，增加旅行的深度和厚度。旅行即意味着暂时摆脱日常世俗生活的纷扰，暂时忘却生活中某些庸俗无聊的烦恼，所谓“偷得浮生半日闲”，让身心得到休养，那么，“带一本书去旅行”，可以借一本好书帮助我们超凡脱俗，让一本好书高雅的气质陪伴我们的灵魂，让一次次旅行成为与一本本好书相伴随的精神之旅。

应时而生的《旅伴文库》，其用意就是倡导“带一本书去旅行”，让精品图书成为旅行者的精神伴侣。在全民旅行热潮扑面而来的同时，也要让全民阅读热潮相伴而去，让“读万卷书，行万里路”的理想成为现实。

为了旅途阅读而设计的《旅伴文库》，自然要更多顾及旅行阅读的特点。旅行阅读当然是各有所好，专门为旅行者出版的图书，则要更多体现旅行者阅读的便捷、休闲、审美、精粹等需求的特点。《旅伴文库》的各个子系列设计得很具匠心。其中，“散文精品城际阅读”系列，一辑只选7位作家，颇有“七剑下天山”的气概；每人每本不过十来万字，极大突出了精选的精神，再配上雅致便携小开本软精装，精编精印，想必能吸引读者眼球而令人想要一睹为快。“漓江的书，买了再说”，是20多年前本人在漓江出版社社长任上为该社拟定的广告语，出版人的自信自许，竟然在这个系列的设计中重新得以体会。

《旅伴文库》已经出版“散文精品城际阅读”两辑共14种，每辑各有7人7种。第一辑有刘亮程的《半路上的库车》、朱秀海的《一个人的车站》、王剑冰的《水墨周庄》、徐则臣的《去额尔古纳的几种方式》、陈彤的《玻璃栈道》、阿德的《北行记》和董谦的《种稻记》；第二辑有彭程的《头脑中的旅行》、乔叶的《一杯白茶》、陆春祥的《霓裳的种子》、顾建平的《冬天我到南方》、谷禾的《黑棉花，白棉花》、陈世旭的《俗可以，别太俗》和王可越的《万物与我》。入选的每一位作家都以实力呈现，努力奉献自己卓具新意的作品。在邀约散文名家加盟过程中，散文专辑的主编、著名散文家王剑冰先生主张作品质量优先，要求新人新作质量必须上乘是自不待言，而名作家必须以力作入选则体现态度的严肃，因而，14 人 14 本小书实在称得上是精选精编而成，阵容齐整。自图书面世以来已经引起许多读者的兴趣，良好的市场效应和文学出版业内的好评，使得出版社信心倍增。

漓江出版社乘胜前行，《旅伴文库》又有“小说精品城际阅读”第一辑即将面世。第一辑的主编是贺绍俊先生。他曾经担任《小说选刊》杂志社主编，不但是著名的选家，还是著名文学评论家，其代表作就有《铁凝评传》等。贺绍俊先生邀约了7位堪称实力派的小说家加盟。7位作家四女三男，风格各不相同，放到一起来读，令我们竟有斑斓之感。

正由于眼前的小说家们让我们有了斑斓之感，我觉得有必要给读者们一一介绍。

女作家中有程青。这位曾被论者称赞为“创作稳定、持久、优质，具有一个作家天生应该具有的素质”的女作家，用曾经获得老舍文学奖的小说名作《十周岁》加盟。《十周岁》是一部杰作。作品把20世纪70年代的民间生活描摹得精细入微、有声有色，人物刻画得栩栩如生，令人不由得会惊叹作者透彻的生活观察力和出色的想象能力。

女作家中还有薛燕平。她在20世纪90年代的中国小说界展露风姿，也曾经获得过老舍文学奖，现旅居匈牙利。她的《曾经》一书收入的《曾经》《蓝》两篇名作，饶有兴味地讲述北京城普通百姓平淡自然有趣而时有情感波澜的日常生活。有论者指出："薛燕平在北京胡同长大，这里成了她的文学福地。她在这里开掘了一口深井，她的小说资源几乎都出自这口深井。"

第三位女作家则是陶丽群。有论者认为陶丽群的小说"有梦的质地，惯于以最安静最平淡的方式暗示出一个人内心深处至为隐秘的关切"。我觉得她总是写得很细腻。她曾经获得过《民族文学》的年度优秀作品奖。她这次以《寻暖》一书加盟，书中收入了她颇具可读性的《寻暖》《白》两部佳作。前者讲述了一位被拐妇女悲凉无奈的一生，后者写单亲母亲把患有白化病的女儿托付给一位终身未婚的老太太的故事。作品尽管都在书写人的悲苦，可并不让人感到绝望，反而能激起读者内心良善的愿望。

第四位女作家是曾经获得鲁迅文学奖的叶弥。她的《成长如蜕》一书包括了《成长如蜕》《消失在布达拉宫的一头鹰》两部奇作。那么，何以称它们为奇作？首先是因为《成长如蜕》是她创作的第一篇小说，第一篇小说就引来许多喝彩，有论者认为她“灵感有如天赐，妙笔宛若天成”；而《消失在布达拉宫的一头鹰》，书名即令人惊奇，加上作家以平静而简练的笔法，描述了一个简单而情节富有张力的故事，并放射出不同寻常的光芒，故而我称之为奇作。

这里的男作家有夏商、弋舟、石一枫。虽然加盟作家男少女多，却丝毫不意味着阴盛阳衰。三位男性作家的作品阳刚之气十足，足以体现实力派作家的劲道。

夏商就是那位曾经在1999年策划“后先锋文学”活动，组织20多位后先锋作家发表小说和文论，造成20世纪末重要文学现象的颇具冲击力的作家。他曾有小说入选美国杜克大学《中国当代短篇小说高级读本》。这次入选的《初恋两种》由《我的姐妹情人》《恨过》两部小说构成。这位提倡后先锋文学的作家，将用内涵丰富的两种初恋来叩击读者的心灵。

曾经获得过鲁迅文学奖的弋舟以《李选的踟蹰》一书加盟。书中收入了《李选的踟蹰》《空调上的婴儿》两部小说，前者描写人际间的情感纠葛，后者讲述一位丧子母亲的永久伤痛，敏感而深致。这位还获得过《小说选刊》《小说月报》等重要刊物优秀作品奖的作家，正如有论者指出“始终保持着优雅的姿态”那样，即便讲述伤痛，也能给我们哲理和美学的暗示。

同样获得过鲁迅文学奖和《小说选刊》《小说月报》等重要刊物奖励的作家石一枫，他为读者带来的是中篇小说《营救麦克黄》，这部作品入选2016“《收获》文学排行榜”中篇小说排行榜。有论者指出石一枫“有一双捕捉时代人物的鹰眼”，他的小说往往从身边小人物切入，讲述属于这个时代中国人的命运，营救狗狗麦克黄的故事想必会让读者读来觉得生意盎然。

《旅伴文库》在“散文精品城际阅读”两辑之后重磅推出“小说精品城际阅读”第一辑，形成更大格局和不凡气象，相信这不仅会成为文学界、出版界各位同好的共识，也会成为众多文学读者的真切感受。更重要的是，当众多旅行者决心“带一本书去旅行”时，有了这些可爱而精致、精美的口袋书可供选择，可以从中找到温情相伴的旅途伴侣，成为一次快乐旅行的美好开始，自然是一件令人愉悦的事情了。

2021 年 2 月第三稿

聂震宁，第十、十一、十二届全国政协委员，中国作协全国委员会名誉委员，中国韬奋基金会理事长，中国出版协会副理事长，《旅伴文库》总主编。

我的姐妹情人

我的情人，你站在大家背后，藏在何处的阴影中呢？

——泰戈尔《吉檀迦利》

1

那天，我、童北和乐一鸣在世界公园进行一次送别前的留影。世界公园是为了满足国内旅游和摄影爱好者的好奇心建造的。按缩微的比例模仿海外的建筑名作：埃及金字塔、法国卢浮宫、古罗马斗兽场、美国金门大桥、瑞典斯德哥尔摩森林火葬场、巴西圣·弗朗西斯教堂……估摸有五六十种之多。三个好朋友在景致前留下合影或单独的微笑。慢慢走到“悉尼歌剧院”前，乐一鸣对童北说：“现在这张是假的，等你到了澳大利亚寄张真的回来。”

童北说：“那没问题。”

现在，游人络绎不绝，照相机的咔嚓声此起彼伏。我们三人在“悉尼歌剧院”前站好，让一位友好的陌生人把我们摄入镜头。然后走向下一个景点，直到拍完所有的画面，尽兴而归。

这次活动共拍掉两个三十六张装的富士胶卷，得到七十五张照片（多余的部分属于外快），并且在童北上飞机前交到了他手中。两个半月后，我们收到童北寄自澳洲的信，信上说，他已继承了舅舅的遗产，准备在当地开一家小型羊绒制衣厂。随信他附上了一张照片，果然是以真的悉尼歌剧院作为背景。我和乐一鸣看了，既为童北高兴，又禁不住涌起一份思念之情。

日子一天天过去，童北去澳洲转眼已一个春秋。随着光阴的推移，联络渐渐少了，从前在一起的快乐和悲伤慢慢变成了过眼烟云，那次游园留影也同样在脑海中模糊，只有照片还留在相册里，却已不大去翻动它了。

2

和那天拍照时的热情相比，今天的淡漠可说是一种对友情的背叛，分离时间久了，逐渐荒废掉了多年的友谊，这是一种无奈。有时想想，假如当初去澳洲的不是童北，是乐一鸣或者我，那今天我最要好的朋友就是童北了，还有一种可能就是乐一鸣和童北了。所以时间这个东西是不能轻视它的。有一次乐一鸣问我："有一天童北回来了，我们会不会像从前那样好？"我说不会，至少很长一段时间内不会。乐一鸣问："那会怎么样？"我说我们会很客气，彬彬有礼对待对方。说完我打了一下乐一鸣，对他说："我今天能冷不防揍你一下，说明了我们的友谊。"乐一鸣说："我懂你的意思，哪一天变得客客气气了，就不再是好朋友了。"

说这些话后的一个多月，就是今年秋天的某个下午，读书时的另一位好朋友孟阂冰从新疆来到了本城。一进门他便抱住我，在我身上擂了几下，然后又和乐一鸣拥抱，拍打着对方的肩和背。这一时刻，我对一个月前发表的那番高论有了怀疑。不过又过了一会儿，我所说的那种景象逼真地出现了，三个老朋友坐下来，表情都很收敛，客气极了。

分开有七年了，孟阂冰老了，看上去至少比实际年龄大五岁。这次来，他带来了女儿，现在，女孩偎依在父亲膝旁，一双大眼睛警惕地看着两位未曾见过面的叔叔。乐一鸣问："你叫什么？"

"北君，北方的北，君子的君。"女孩露出牙齿笑了，害羞地把目光移开。

我和乐一鸣夸奖着女孩的天真，孟阂冰看了看我，又看了看乐一鸣。“童北呢？他现在好么？”他问。我们告诉他童北去了澳洲，孟阕冰说：“童北这一去，不知哪一天才能见到他了。”

看着他若有所失的样子，乐一鸣对我说：“吕韩，你不是有我们和童北的合影么？给阕冰看看。”我想起了那些照片，找出相册，顺手把唱机打开，屋子里响起了肯尼·罗杰斯的《故乡之路》，我把相册交给孟阕冰。

孟阕冰接过相册翻动，北君凑过去，咯咯咯笑了起来。乐一鸣问她：“看见什么了，笑成这样？”北君指着照片说：“你们都在装怪样，难看死了。”

乐一鸣逗她：“难看？比你还难看么？”

北君小嘴噘起来了：“你刚才还夸我漂亮，一会儿就说话不算。”

三个大人被她的天真逗乐了，孟阕冰说：“叔叔和你开玩笑呢。”“我知道，我也在和叔叔开玩笑嘛。”北君说。这句话把大人们逼入了一个难堪的境地，大家面面相觑。我说：“现在的孩子真聪明。”算是跳到了圈外。

忽然孟阂冰停止翻动，盯着相册发愣，坐在右侧的乐一鸣探过身去：“怎么了，阂冰？”

孟阂冰用手指着画面，脸色变了。

乐一鸣顺着他手指的方向看着，奇怪地说：“我想起来了，真像。以前没发现，被你一指才看出来，怎么会这么像呢，百分之百地像。”

听乐一鸣这么一说，我忍不住凑上去：“哪儿呀，你们说的是谁？”乐一鸣用手指给我看。

“这个背影，你看像谁？”他说。我眼前的这张照片，景点是“悉尼歌剧院”。画面上，我、童北和乐一鸣攀着彼此的肩膀龇牙咧嘴，在我们身后，有一女孩的背影，正是乐一鸣指向的。我认出来了，我把她认了出来，我知道那不是她，她是那么小，在照片中显得那么不起眼，以至于在以前的浏览中没有发现她。她的背影，只是一个逼真的背影，幸好她没有回头，否则便不会使我吃惊，她简直像极了，没有面容的背影，真像。

3

那是一个夏天，干燥而炎热，太阳落山半小时，我踱出家门，走在没有路牌的小道上，耳边没有风。住宅小区有六个新村，我在三村，童北在一村，乐一鸣和孟阕冰（那时还没回新疆）在四村合租了一套房间。今天是周末，是我们约好玩牌的日子，此刻我走在去四村的路上，耳边一丝风也没有，刚冲过澡的我背上又有汗在冒出来。这样的天气，容易让人感到烦躁。

三村和四村衔接的地方，是一块方形空地，有几株树、几只石凳，平时打拳、下棋和乘凉的人都爱聚在这里。穿过这片空地，就到了四村，再拐弯走几分钟，就到了我们的“赌场”。

现在，空地上人很多，以致我无法顺利穿行而过，又一场纳凉晚会举行了，这种基本上属于民间自发的活动，已维持了许多年。初中的时候，我和童北也曾作为文娱积极分子被学校推荐来此一展歌喉。那时人小胆大，一点也不怯场，随着年龄的增长，遇到类似场合却要退避三舍了。这说明什么？成长是一种倒退的过程？

空地上聚集了一百多人，一些身手不凡的孩子还爬上了树。闷热的天，居民们仍愿意拥在一起看并不精致的节目，说明纳凉晚会具有某种喜庆的意味。喜庆是中国人崇尚的，还有热闹。

此刻，临时搭起的简易舞台上，正在演京剧《空城计》，一名中年男子摇着折扇，清唱道：“我正在城楼观山景，耳听得城外乱纷纷，旌旗招展空翻影，却原来是司马发来的兵……”下一个节目是少女的舞蹈。一个背影，一个长发女孩的背影，穿着玫瑰灰色的长裙，在音乐中轻盈起舞。音符像羽毛，她像一只优雅的仙鹤，长裙神秘的玫瑰灰像梦的颜色。她很瘦，瘦长，像《罗马假日》里的公主那样瘦。她的背影，黑色的长发，还有缓缓流动的旋律之河，动人极了。

现在，让我们回到那张照片，是它勾起了我的回忆，照片上的背影，很小，却逼真至极，一样的长发长裙，一样的瘦，然而她不是她，她没有回头，所以让我吃惊。没有面容的齐予，让我吃惊。

4

在那里我得到了灵感，女孩的舞蹈如同肢体的倾诉，那么美，那么抒情，神秘的玫瑰灰色的长裙在无风的夏夜飘起。她的脸，瘦削的面容，美丽而纯真，每一次旋转或跳跃都使我怦然心动。她出汗了，眼睛在说话，表达出一种羞愧、喜悦和自信交织在一起的语言。平心而论，她的舞姿不算完美，但在狭窄的简易舞台上，却能展示出一个辽阔的想象空间。她的专注和投入，加上她诗一样的容颜，让人无法抗拒，而这一切正是我所需要的。

两个月前，我得到了一份报酬很好的合同，为一家内地出版社完成两组不同题材的挂历摄影图片，一组是风景，一组是少女。前者只花了一个星期便大功告成，后者却因没找到合适的模特儿而耽搁下来。此刻，舞蹈的女孩带给我突如其来的创作冲动，她的舞姿在我眼中变成了一幅幅构图，它们是不完整的，又是非凡的，我断定我找到了她，她就是我寻觅中的模特儿。

我走到后台（一个用布圈成的露天帐篷），等着女孩下场。她下来了，玫瑰灰色的身影一闪，我走到她的身旁，对她说："你的舞跳得真好，小姑娘。"女孩看着我，漂亮的眼睛一眨不眨，帐篷里的一个女子向我走来，我从她的目光中看到了怀疑的神色，她说："你是谁？谁让你进来的？"没容我分辩，就下了逐客令："请你出去。"

我退了出来，十分钟后，女孩出来了，那个女子也陪同出来，朝二村的方向走去。我跟随着，我知道她们对身后的存在终会介意，果然，我沉默的跟踪使她们停下了脚步。那个女子转过身（女孩也迟疑着配合了这个动作），不耐烦地问："你准备干什么？难道准备一直跟下去？""你误会了，我只是想和这个小姑娘商量一件事。"

"什么事，我们洗耳恭听。"

"我是一名摄影师，刚才看她跳舞，发现她很适合在我作品中担任角色。"我把名片交给那个女子。

她接过名片看着，"吕韩，职业摄影师。既然这样，你问问我妹妹愿不愿意与你合作，我不发表意见。"

女孩摇摇头说："不，我不想，我们走吧。"

女孩的姐姐对我说："这下死心了，我妹妹说不想。"她把名片还给我，"还是另请高明吧。"

我走到女孩跟前说："请你考虑一下我的请求，这组作品对我来说很重要，请你一定帮助我。"

女孩被我的认真和诚恳唬住了，看着她姐姐不知所措。见此情景，女孩的姐姐只好说："这样吧，让我妹妹再考虑一下，我把你名片留着，如果她愿意，再按名片上的地址来找你，好吧？”

话既然已说到这个份上，还有什么可说的呢。我只好与这对姐妹道别了。看着她们走远，想起约好的牌局，我往回走，经过那块空地时，纳凉晚会周围的人更多了。我的三个兄弟已经等急了。我没有将刚才发生的事说给他们听，我心里乱糟糟的，牌也打不好，开局的时候手气很旺，但那个穿玫瑰灰色长裙的女孩老让我打错牌，渐渐我的手就开始发霉了，面前总是一条又臭又长的牌，我很沮丧，没有笑容，摸什么打什么。我听见孟阂冰偷偷对下家的童北说：“这小子怎么了，丢了魂了？”

5

一连几天我都无精打采，穿玫瑰灰色长裙的女孩总在眼前挥之不去，我的热情一点点被失望覆盖。已经四天了，女孩不会来了，她也许已忘了那天的遭遇，绝不会来，我必须忘掉这个插曲。

又是新的一天，干燥了很多日子，终于下起了雨，雷电交加的雨。窗外，白色的闪电，随后是草席一样卷过来的雷声，恐怖的雷声，让人无话可说。

昨天收到出版社的信，告诉我那组风景已送审通过，希望少女一组也能如期交稿，这使我不得不抓紧手头的工作，可令人满意的模特儿至今没有着落。我泡在浴缸里一动不动，肯尼·罗杰斯在房间里唱歌，雷响了，歌声被瞬间淹没，然后，他仍在唱，《故乡之路》。

我一动不动，看着自己的身体，纤细的腿毛随着水纹而漂动，像是风吹着它们，其实没有风，风在户外。

外面响起敲门声，我把大毛巾围在腰际，打开门，那个女孩的姐姐站在那里。闪电来了，把她照得纸一样白，她的手臂和腿都是湿的，一只手提着雨伞，一只手提着裙子，只有她一个人，女孩没有来。

“你好，吕韩，我叫齐戈。”她走了进来。

我从背后打量她，她已长成，湿衣服勾勒出她的轮廓，由背至臀，恍若花瓶。

“你妹妹怎么没来？”我问。

“所以我来了。”齐戈的回答让我明白了她此行的目的。而且，看着她被淋湿的半隐半露的躯体，我猜出了她为什么选择了雨天光临。肯尼·罗杰斯唱完了，我将唱片换成娜娜·莫斯柯莉。“你懂我的意思么？”齐戈转过身来。

“当然。”我上下打量她。

她很匀称，不胖不瘦，漂亮、高挑、性感，但是没有所需要的稚气。和女孩相比，她太成熟了，同样是美，女孩是鲜艳的花朵，她是妩媚的果实。

“齐戈，你也许误解了我的意思，我这次要完成的是一组题为少女的作品，你虽然很美，却不适合。”我的目光从她身上移开。

“你也可以拍一组女人风情之类的作品，是不是？”

“可是，目前我没有这样一份合同。”我察觉到了齐戈眼中某种摄人心魄的神色。

“只要你愿意，你能得到这样的合同。”齐戈的声音像丝一样柔软，这是一种摄人心魄的声音。

“你凭什么这样肯定？”我大惑不解。

“阁下是走红的青年摄影家，什么合同不能得到呢。”齐戈的话背后有话，她已知道了我的背景，也许在什么报刊上看到了关于我的报道。

我语塞了，确实有几家机构找过我拍成熟女性题材的照片，但我拒绝了。因为此类题材掌握不好尺度便会流于色情，圈子里有几位资深摄影家也因此使多年积累的好名声毁于一旦，所以对此类题材大家都避之不及，对约稿婉言谢绝，更不用说自投罗网了。

闪电晃过，雷声接踵而至。齐戈背对我开始解衬衫纽扣，宽大的衬衫具有质感的银色，从我眼前泻落下来，然后是同样银色的短裙、玉色的长丝袜。

她转回身，高跟鞋令她的腿更加修长，她妩媚的体态，充满了摄人心魄的魅力，像一匹良种小马。她的力量，占据了整个房间。

“我美么？”她说。

“很美，少有的美。”我说。

“这样的美在镜头中会如何？”她说。

“齐戈，”我说，“也许我没有表达清楚自己的意思，我不从事成熟女性题材的创作。”

“为什么？”她问。

“没有把握，没有把握的创作是危险的。”齐戈听懂了我要表达的内涵，她笑了。

“担心自己的名声？”

“如果拍出的照片超出了艺术的局限，你不也感到尴尬？”

“我要拍的并非裸体。”

“问题并不是穿不穿衣服，照片是敏感的艺术，有时候一个细微的动作、一个眼神、一个手势，也会使画面违背原来意图。”

“你是一个没有冒险精神的人。”齐戈说，“那么我们用另一种方式来对待这件事。”

她从银色短裙的插袋摸出一张名片递给我。

她是时装模特，酥手时装表演队的队员。

“我们做笔交易，我们都是成人，不用拐弯抹角。”

面对这样的女人，理智像一只小皮球一样离开了我。现在，什么都在离开我，只留下我的身体，她的呼吸吹动我的头皮。裸露的身体在闪电中一览无遗。在她手中，我的大毛巾飞了起来，把我的羞耻带走。她的眼睛看着我，明媚的眼睛，盛满酒的颜色。

“看着我，会产生灵感。”她一丝不挂，做出各种姿势，房间里充满女人的身影，她的身影，赤裸的尤物。我上前拥抱她，吻她，缓慢而有力地与她做爱。“没有灵感，只有欲望。”

6

我们在凉席上躺了两个多小时。外面的雷雨还在继续，她穿好衣服要走了。她的形体，已留在我的脑海里，她身体的味道，留在我的身上。晚上，她还要来，带来她的妹妹。我没有送她，我开始后悔，烟消云散的欲望之后我开始后悔，我将为今天的事付出代价。我不恨齐戈，她丝毫没有骗我，她说出她的打算，以身体引诱我，没有逼我成交，我理智的小皮球回来了，但已太迟。

娜娜·莫斯柯莉换成了肯尼·罗杰斯。雨到晚上才停，整个下午我在床上仰卧着，像诗人里尔克说的："眼睛里有些东西，绝非天空。"我的眼睛里没有天空，房间里飘满的是空虚和女人的气息。什么也不想，浑身赤裸，张着眼睛，外面的雷电没有了，我睡着了，直到敲门声把我唤醒。

孟阕冰来找我，他脸色灰暗，文联的录用通知书仍没有来，他的情绪低落，准备回新疆一次，他的父母来信说，祖母身体不好，可能活不过这个夏天。他准备回去，顺便把诗集出版的事落实下来，他小学时的一位同学在当地的一家出版社任编辑。说到诗，他的脸上才有点兴奋，诗对他来说太重要了，就像摄影对于我。

我对他说等一会儿将有两位美人光临，是我新找的模特儿，一对姐妹，姐姐叫齐戈，妹妹叫齐予，很美，是两种不同的美，截然不同的美，就像诗和摄影，一种是抽象的美，一种是具体的美。

听到了敲门声。我说："她们来了。"

趿着拖鞋去开门，玫瑰灰色的长裙女孩，她站在门口，一个人，齐戈没有来，她很害羞，害羞的眼睛，不敢看我。

“欢迎你来，齐予。”

“我姐姐淋了雨，发烧不能来了。”女孩说。

“没关系。”我说，“认识一下我的好朋友，孟阕冰，他是一位诗人。”

孟阕冰伸出手，女孩缩了一下，伸出手，他们握了一下，女孩笑了，害羞的笑容，她的手臂又细又长。

我们重新回到房间，肯尼·罗杰斯就在我们旁边，他的歌声语焉不详。女孩站着，不知所措，手指在互相玩弄，这样的画面，让人怦然心动。

“你很爱跳舞？齐予，你的舞跳得很好。”我说。

“我爱跳舞，小时候就喜欢，但总跳不好。”女孩的手指交错在一起。

“齐戈说你是小鹰艺专的学生？”

女孩点点头。

“那是一所好学校，我的一位好朋友在那儿教书。”我说。

“原来你在童北的那所学校上学。”孟阕冰说，“那是不会差的。”

女孩笑了，诗一样的笑容，让人怦然心动。

“我知道童老师，他不教我，都说他表演课上得很好，原来你们都是好朋友。”女孩说。

“他是一个好老师，还是一个好演员。”孟阕冰说，“我们是同学，又是多年赌友。”

女孩笑了:“你们也赌博，搞艺术的人也赌博？”

“偶然玩几局，消遣而已。”我给女孩一罐饮料。

女孩吸着饮料，乳白色的液体升起来，羞愧又出现在眼睛里，她垂下眼睑。

“齐了，你是不是经常拍照？”我注视她，她的眼睛里出现了迷茫的神色。

“我不常拍照，不要紧吧。”她问。

“那你是不是喜欢？”

“喜欢。”她说，“可我照片里不好看，你会失望的。”

“你很美，照片里会更美的。”我说，“跟我来吧。”

我的工作室是一个二十平方米的房间，女孩跟了进来，孟阕冰站在旁边，靠在墙壁上，看着女孩。

我镜头中的女孩不知所措，没有笑容，没有自信（目光中的倔强也不翼而飞），与纳凉晚会上的女孩形成对比，肢体构不成美感。“我不行，我知道你会失望。”她笑了，勉强的笑容，她咬着嘴唇。

“不要紧张，只是试拍。”我说。

她姿势仍旧僵硬，没有张力，也不再笑，已白费了十几张照片，她越来越紧张。孟阕冰说：“要不要音乐？”

我被提醒。“差点忘了。”我对女孩说，“齐予，我放一支舞曲，像那天一样你跳舞好么？”

女孩点点头，音乐来了，她跳起来，旋律中，她的局促慢慢消失了，玫瑰灰色的长裙款款飘起。

我又看见了她，黑色的长发，纤瘦的身影，她笑了，眼睛里是喜悦之光。我按着快门，把她的舞姿连同她诗一样的容颜记录下来，她化作了一只鹤，她瘦削的面容，表现出一种超然，细长的手臂变成了翅膀，宽大的裙子在旋转中翻飞。她笑了，与刚才的笑完全不同，在她的舞蹈中，镜头消失了，我和孟阕冰也不复存在，空气中充满了她的身影，将她不算完美的舞姿渐渐淹没。此刻她就是纳凉晚会上的那个女孩，她出汗了，她笑了，她的稚气，她的让人无法抗拒的少女的美，正在成为图画。我听到诗人说："她是天生的舞者，你的镜头装不下她。"

7

又是周末，齐予的照片洗出来了，除了前面十几张，余下的效果都不错，作为试拍，能得到这样的一些照片是令人满意的，我挑选了六张尤其好的，做了进一步的暗室处理，晾干放在桌面上，我听见齐戈在一旁说："真棒，真的很美。"

"是很美。"我说，"美是一面镜子，人人都想照一下。"

齐戈是晌午来的，她换了装束，与上次的妖艳不同，她把自己打扮成一个素雅而宁静的淑女，一袭白袍，扎一根紫色腰带，戴了一顶香蕉形的宽檐凉帽，一双白色高跟鞋，让我吃了一惊。

她等着我洗出那些照片，一直到中午，我们共进午餐。她解下帽子，把头发放下来，我看着她，和她干杯，酒杯里是泛着泡沫的冰啤，她一饮而尽，这是第三杯，她脸上涌起了红霞。我注视着她，白袍内的躯体被衣服覆盖，却仍在我眼中。她笑了，看透了我的心思，站起来，把袍子脱掉，她看着我，问我："怎么不说话？"这使我想起一句苏格兰格言：你从不与风说话，又如何向情人倾诉。我笑了，看见她一览无遗的乳房。很美的乳房，一对乳房。我站起来，她为我裸身，我的衣服在她手中变成一堆地上的云朵。她为我裸身，使我一丝不挂，可以与她做爱，进入她的身体。我这样做了，她是一个尤物。

下午，我们离开凉席，走进工作室，我为齐戈拍照，她在镜头前做出各种造型，白袍及香蕉形凉帽都已回到身上，她又变成了淑女。她笑了，络绎不绝地笑，抿嘴而笑、露齿而笑、侧身而笑、如水一般涌动的笑，我把它们摄入镜头，我的情人的笑容。

一个多小时过去，我们从工作室出来，继续我们的午餐，很快，我们又回到凉席上做爱。然后，齐戈裸着身体站起来，取来桌上的照片，六张照片，齐戈一张张欣赏着。

“齐予看见会很高兴的。”她说。

照片上的女孩，有一种孤寂的美，稚气的美，与世俗不相干的美，她就是齐予，少女齐予。“真的很美。”齐戈说。

“你也很美。”我说，“你是一个美人。”

齐戈笑了，亲吻我的脸颊，乳房在我肩头擦过，她问：

“喜欢我么？”

“喜欢。”

"喜欢什么？"

"你。"

齐戈的提问没有用"爱"，而用了"喜欢"。而我的回答用了"你"，而不是"你的身体"。我们都笑了。

"晚上干什么？"齐戈问。

"赌牌，没有特殊情况，周末我们都赌牌。"我说，"四村有我的一个赌场。"

"我也去好么？"

"你要去？"

"去看看你的赌场。"齐戈说。

8

我们来到四村，像上次那样，我继续输牌，齐戈坐在我身边，嘲笑我的输。并非我一个人输，童北和乐一鸣也在输，一个劲地输，不怀好意地输，把孟阂冰弄得面孔通红，他终于站起来，一推牌，把赢的钱都扔在桌上。

“你们是赌钱还是送钱？太瞧不起人了。”敏感的诗人很激动。

“何必呢，阂冰。”童北说，“一点赌品也没有。”

诗人脸上的红潮渐渐隐退，面色变得苍白：“你们这样，不是逼我去了不回么？”

乐一鸣把他劝进了里屋，片刻，诗人的哭声传出来，像女人的哭声，也像时续时断的唢呐声。

我很吃惊，把脸转向童北。

“文联没录用他，白白等了一年多，现在他要留下来的唯一机会就是读博士了。”童北说。

乐一鸣走了出来，对我们说：“阂冰说他下礼拜回新疆。”

我不吃惊，因为我事先已知，我故意输钱也是因此。我想知道的是，我们的诗人在此刻回家，不知还会不会重返本城。

9

若干年后的今天，孟阂冰已是一位文学教授，他没有留在本城，回到了新疆，他不再写诗，人已老颓，其实我们都是四十不到的人，他的年轻的老（相对老人的年轻）是真的老。这次来，他带来了女儿，他翻着照片，女儿在旁边观看。他发现了那个背影，先是乐一鸣，随后是我，皆凑过去看，我们把她认了出来，没有面容的齐予。她不是齐予，不会是，但像极了，一模一样地像，她出现在照片里出人意料。

那年夏天，孟阂冰踏上了回乡之路，我们都认为那将是一次长别，大家去火车站送他，就像后来我们送童北去澳洲时一样，一样的嘱咐，一样的忧伤，一样的难舍难分。诗人走了。剩下的三个好朋友离开月台，一路无话。

晚上，齐氏姐妹来看照片，齐戈又换了装束，粉红色衬衫配浅绿长裤，漂亮女人穿什么都美，齐予也换了衣服，虽然长裙依旧，却改成浅绿色，和齐戈裤子的面料一模一样。她们在沙发上坐下，手里都有一把折扇，檀香木扇，她们轻轻摇晃，因为远，我没有闻到香味。我从冰箱里取出饮料，调整了一下电扇的方向，把易拉罐给她们姐妹，电扇的风吹过来，姐妹俩收起折扇，接过饮料。

我把洗好的照片给她们看，她们都笑了，赞美我的手艺，其实是赞美自己的美，我和她们一样高兴。她们看完自己，又交换看对方的照片，齐予只有六张，齐戈有十七张。齐戈在镜头前的造型舒服，表情也很自然，所以照片有很大选择余地。欠缺的是，它们只是常见的美人照，任何稍有镜头感的摄影师都能拍取，作为艺术范畴的摄影，这些作品看不到性格，它们是会立刻被注意又立刻被遗忘的照片。和齐戈的那些完全不同，齐予的照片，在形体之外，有意味存在，它分布在每一块阴影里，这种意味与镜头吻合在一起，构成简单而隽永的美。

照片从姐妹俩手中调换过来，她们看着自己的照片，爱不释手。齐戈说："这些照片除了编挂历，是不是可以发表？"

我注视着她："上次玩牌时你见到的乐一鸣，他是《南方人间》的记者。"

"实在好极了。"齐戈说。

"这下你可以出名了。"我把头转向女孩，"齐予，明天你换上那件玫瑰灰色的长裙，我们把照片拍完。"

第二天午后，女孩来了，如同梦中的仙鹤，我们来到工作室。女孩在舞曲中起舞，玫瑰灰色的长裙恍如梦的衣裳，相比试拍，女孩的拘谨几乎消失，她的舞姿挂满了墙壁和天花板。正如孟阂冰所说，她是一个天生的舞者，我的镜头并不能容纳下她全部的身影，她舒展的长臂又细又长，扬起的黑发仿佛吹乱的烟尘，她的剪影，神秘而朦胧，在悠扬的旋律中，她笑了，她的美同样神秘，同样朦胧，让人怦然心动。

我得到了所要的照片，可以向出版社履行合同了。第二次照片洗出来后，我进行了筛选，在第一次的六张中挑了两张，在第二次的二十三张中挑了十张，一本挂历的原始照片便大功告成。我想，出版社一定会喜出望外的。

10

平时我和兄弟们忙于自己的事，周末的玩牌便成了聚首的方式。孟阕冰一走牌玩不成了，齐戈提出她可以替进来。几天不见，童北剃了个光头，最后一个走进来，让我们吃了一惊，他乐呵呵道：“我在《鸳鸯蝴蝶梦》的角色定下来了。”乐一鸣说：“演一个和尚？”童北说：“演一个秀才，要上头套。”大家恍然大悟，童北说：“反正天也热，不在乎。”乐一鸣摸了摸童北的光头：“还是像和尚。”童北说：“我已请了半年假，摄制组要去北方，过几天出发。”我问：“什么戏要去这么久？”童北说：“二十集电视连续剧，我演男一号，一个清朝的坏蛋秀才。”乐一鸣问：“怎么坏法？”童北说：“坏极了，简直太坏了。”

我们都笑了，我把齐戈的照片交给乐一鸣（事先已给他通了电话），乐一鸣对上家的齐戈说：“这事我会办妥，作为回报，今天你应该多给我吃牌。”齐戈笑着答应了，我们开始玩牌。

八圈下来，已过了十一点，散了牌局，在楼下道别，童北走了，乐一鸣上楼。我送齐戈回家，天热，新村里还有不少纳凉人，齐戈问我：“童北是哪个剧团的？”我说：“他是小鹰艺专的表演课老师，拍戏只是业余爱好。”齐戈说：“那不是我妹妹的学校么？”我说：“是那个学校。”齐戈说：“真巧。”我说：“其实街上就这么些人，很容易就碰到了。”

齐戈家到了，齐戈对我说：“吕韩，有件事忘了告诉你，酥手时装队要去南方巡演，后天就走，可能会有较长日子的行程，我们要分开一段日子了。”我说：“那么预祝你演出成功。”齐戈吻了吻我的脸颊，踏上楼梯，我对着她的背影说：“和齐予说一声，有空来取照片。”齐戈说：“我会告诉她的，再见，晚安。”“晚安，再见。”我说。

11

新村旁淌过一条护城河。护城河旁有一个没有名字的咖啡馆，只能坐十来个人。女孩第三天中午来取照片，然后我们去咖啡馆。坐下来，女孩要了芒果汁，我要了冰啤。女孩把照片放在茶几上，它们用一张牛皮纸整齐地包着，像一只没有落款的信封。女孩轻声说："我没想到自己会有这么多好照片，不知道怎么谢你。"我笑了，注视着她诗一样的面容："这话应该我说给你听。"女孩笑了，手从纸包上移开："我姐姐昨天走了，去南方演出。"我点头表示知道。女孩说："姐姐让我提防你，让我别来。"

我看着她说："那她不用告诉你来取照片。"女孩说："那是另一回事。"我说："你也可以不来。"女孩说："照片吸引着我。"我说："很像一个悬念。"女孩说："不然你可以让我姐姐带给我。"我说："真成一个悬念了。"女孩的手又回到纸包上："我要走了。"我说："我送你。"女孩笑了："不用了。"

她站起来，穿着玫瑰灰色的长裙，身体鹤一样瘦削，她要走了。我端起啤酒，靠近嘴巴，眼睛里是女孩转身离去的背影，这时，一个人走过来，用声音阻止了她。"齐予。"那人的声音明亮而飘逸，是个美貌少年。

少年身后，站着四个同样俊美的男孩，高大、纤瘦，非常年轻。说话的少年显然是他们的头，此刻他正被烘托着，骄傲的面孔转向我，我看见他漂亮的脸上泻出邪气的眼光，和他伙伴们的眼光如出一辙。女孩的脚步停滞下来，面对从天而降的队伍，她的动作有点迟疑，她重新在我对面坐下，端起尚未喝完的芒果汁，用吸管吸着。

男孩的队伍松动了一下，为首的男孩笑了，同伴们也笑了，他们带着幸灾乐祸的笑容开始撤退，他们鱼贯而出，腰板挺直，像树移出了咖啡馆。

“你出不去了，”女孩说，“他们在门外等着。”

我没说话，目光移向户外，那里有人影走动，做着吸烟的姿势。

“送送我吧。”女孩说。

“他们是谁？”

“我学校里的同学。”

“为首的那个呢？”

“一直在追我。”

“明白了。你走吧，我不能送你。”

“求求你，送送我吧。”

我站起来，以很快的速度走出咖啡馆，没等女孩赶来，已被少年们团团包围，我没还手，我的身体被饥饿的拳头饱餐一顿。女孩奔过来，却被两个少年拖开，他俩拉着挣扎的女孩，如同带走一缕玫瑰灰色的烟，女孩裸露的小腿渐渐远去，她失去了一只皮鞋（追她的少年捡起了它），然后她的身影连同呼叫在新村里完全隐遁。对我施暴的三个少年停下拳头，以赛跑的速度逃离现场，留下受伤的我倚在墙上，路人以怀疑的神色端详着我，使我产生百口莫辩的无助之感。

回到居所，在凉席上躺下，上楼的时候，我取出了信箱里的报纸，里面夹有一封寄自本城美术出版社的信。把它打开，信是一位熟悉的副主编写的，他对我前几天寄去的十二张成熟女性照片赞不绝口，认为它们是难得的挂历素材，很快会列入出版计划，并且他认为《妩媚》这样一个标题也颇吸引人。他唯一不满意的是我没署上自己的真实姓名，而用了一个“秦人”代替。在信的末尾，他笑嘻嘻地问，“秦人”是不是“情人”的意思？玩笑式的提问使我惊叹男人在这方面的领会力是何等惊人。

报上照例是一些不甜不咸的消息，一则简短的新闻引起我的注意：本城著名酥手时装表演队前往南方巡演，已于昨日启程。

身上的伤痛又开始提醒我，阳光暖洋洋的，我被揍得不轻，斑块状的光线照在我手臂上，那儿有一处瘀血。我爬起来，把窗帘拉上，再小心翼翼躺下，我睡着了，没有音乐和阳光的下午，我遍体伤痕，睡在凉席上。

夜深人静时分我才醒来，疼痛有所缓解，感到了饥饿，去厨房找食物，冰箱里有半只西瓜，用调羹把它吃完了，准备把瓜皮扔进门外的塑料桶里。刚打开门，黑暗中有个人影向我走来，她是齐予，她瘦长的轮廓如同仙鹤，她站在我眼前，闪烁着泪光，她哭了。

眼泪从她脸颊上滑落下来。“我是逃出来的。”

“为什么不早点敲门？”

“我怕连说声对不起的勇气也没有。”

“你就一直等下去？”

“吕韩，对不起。”

“你来了，我很高兴，我以为再难见到你。”

“你是因我被打成这样，我不能不来看你。”

“没关系，没伤到筋骨。”

“疼么？”女孩细长的手臂伸过来，冰凉的小手抚摸我脸腮的伤处，“很疼吧。”女孩说。

“已经好多了，忘记这件事吧。”我说。

“我害怕。”女孩的手离开我的脸腮，“他们出手这么重。”

“他对你的爱有点过了头。”我说。

“陪我说说话，我怕极了。”女孩的脸在灯光下显得蜡黄，她在发抖。

我让她坐在沙发上，转身去开唱机，是娜娜·莫斯柯莉的歌声，寂静的夜晚，歌声如同天籁。

我在凉席上盘腿而坐，看着女孩，她似乎睡着了。

12

女孩常来我这边，她是个嗜睡的女孩，常常聊到半途就睡着了。她父母很早就在一次火灾中丧生，她和姐姐相依为命，是齐戈把她带大的。说到这里女孩的眼泪流了下来，她这么容易哭泣，和外表的倔强完全大相径庭。

“我给你拿饮料。”我说。

“不用，只要一杯水。”女孩低声啜泣，过了一会儿，她说：“我想跳舞。”

我给她倒了杯水，把娜娜·莫斯柯莉换成舞曲，女孩跳了起来，风从窗外吹入。天气开始转凉了，女孩的玫瑰灰色的长裙在风中缓缓飘起，她瘦长动人的身影如同剪纸。她旁若无人地舞蹈，直到疲倦，她把一杯水一口气喝了，她笑了，回到沙发上问我：

“我跳得好么？”

“你是为舞蹈而生的。”我说。

“明天我回学校，又可以学到新的舞蹈了。”她说。

“是呀，暑假过去了，你要走了。”我说。

女孩走到我的凉席上，在我身边躺下：“我喜欢你，喜欢你为我拍的照片。”

“我可以为你拍许多照片。”我看着她的眼睛，她的眼睛有很淡的忧愁。“明天我要回学校了，我有点害怕。”

“那个男孩？”

“我什么也没有答应他。”

“他爱的方式的确冲动。”

女孩把头转向我，看着我，她说：“你不是也以同样的冲动爱上了我姐姐？”

看着我迷惑的神态，她笑了，那是一种没有笑的笑容，她说：“其实那天的事是我背后指使的。”

“哪天的事？”

“那天在咖啡馆，那些男生打了你。”

“是你？为什么要这样做？”我不相信地看着她。

“为了能和你在一起，”女孩说，“为了能心安理得和你在一起。”

“我不明白。”我说。

“我知道你和姐姐的交易。”女孩说。

“什么交易？”我说。

“她想出名想疯了，所以当你的情人。”女孩说。

“就算这样，也是成人间的游戏。”我说。

“没有爱情就睡在一起是卑鄙的，应该受到惩罚。”女孩说。

“你的惩罚有点过了头。”我说。

“假如没有那天的惩罚，我怎么说服自己和你在一起。”女孩说。

“你想试图找到某种可笑的心理平衡。”我说。

“我想和你在一起，我以为那样可以抵消你们之间的肮脏交易，我错了。”女孩没有笑的笑容变成了哭泣，眼泪顺着脸腮滚落在凉席上。

我用手指拭去她的泪珠，她一味地哭，无声地流着泪，我的手指一遍遍拭去她的泪珠，终于她哭出声来，靠近我，让我拥抱她发抖的身体。

她说:“我冷。”

我不说话，将她抱紧。她说:“要我。”

我的手臂松开了，我听到女孩说:“我十七岁，没有姐姐那样好的身体，却有童贞。”

她脱去衣服在我身边躺下，她瘦长纤细，几乎没有乳房，皮肤像脸一样细腻。她拉起我的手，将充满汗水的手掌放在她胸前，使我能感觉到她短促的心跳。她的呼吸，像花一样绽开，我的手在她的骨骼上移动，她眼睛睁开着，我掌心的汗越来越多，弄湿了她的皮肤。

“我不能这样。”

我离开凉席走到窗前。初秋，风从远处的树间吹过，跌落在墙下，月亮悬挂在枝头，云遮住了它，使它半明半暗。女孩的声音传过来：“你接受姐姐，却拒绝我，因为我是一个男孩一样的女孩。”

我走回床边，女孩倔强的眼神变得悲伤，她细长的手臂从双腿间离开，手指上沾着鲜红的血迹，她说：“我想给你，你不接受，一切也同样完成了。”此举令我目瞪口呆。

13

孟阕冰回来了，和乐一鸣一起来我这边，他脸色蜡黄，袖上套着黑纱。我问：“奶奶去世了？”他摇头苦笑：“是父亲。”

“怎么会这样？”我说。

“看病路上，马惊了，将他翻下来，拖了足有三里远，死了。”孟阕冰垂下眼帘。

他父亲是草原上的医生，年轻时是本城一家医学院的高才生，毕业后返回新疆行医。死时才五十九岁。

“马是怎么惊的？”我问。

“被土匪的枪惊的，腿上还中了弹，”孟阕冰说，“那马今年才四岁，要换成一匹成年马，或许就能逃过一劫了。”

“这次回来怎么打算？”我问。

“准备读博士生，另外去一鸣的杂志社帮忙看点文字稿。”孟阕冰说。

“这样我们几个又能在一起了。”我说。

“童北有消息么？”孟阕冰问。

“没有，也许他拍戏很忙吧。”我说。

乐一鸣把最新一期《南方人间》递给我，封面是齐戈的肖像，内页还附有简短的人物介绍。乐一鸣说：“这下齐了，四报一刊，五张照片都刊用了。”

我在写字桌的抽屉内取出一只纸袋，其中已有早先出版的四份报纸，我把《南方人间》也塞入，听见乐一鸣说：

“齐戈去了一个多月了，快回来了吧？”

“齐戈走时没说，谁知道呢。”我说。

“她没给你写封信？”乐一鸣说。

“她或许已把我忘得干干净净了。”我自嘲道。

“你说的那个小女孩呢？”乐一鸣说。

“暑假结束回学校去了，周末才回来。”我说。

“这对姐妹有意思。”孟阕冰说。

“妹妹跟她姐姐完全不同。”我说。

“她是为舞蹈而生的。”孟阕冰说。

乐一鸣说：“这个周末我们杂志社有化装舞会，你和你的小女孩一起来吧。”

14

周末，女孩来了，她换上了秋装，一条黄色的格子长裙，头发束起来，紫色的发夹仿佛蝴蝶。上楼时她从信箱取出了报纸，边走边看，一进门她对我说："吕韩，姐姐回来了。"

她把报纸给我，我看到这样一条标题新闻：著名的酥手时装表演队南方巡演载誉归来，已于今晨抵达本城。

"我要回去了。"女孩看着我。

"晚上有场化装舞会，我们早点离开，然后我送你回家。"

女孩点点头。

晚上七点，请柬要求的时间，我们出现在城市中心的“麋鹿城堡”门口，这是一家专门的化装舞厅，在本城青年中很有影响。我第一次来，女孩说她也是第一次来，看得出她很兴奋，毕竟是个孩子。

孟阂冰在入场口，他看见了我们，招呼我们，然后三人一同入场，我问：“一鸣呢？”

“他很忙，今晚你要什么？”孟阂冰问。

“什么要什么？”我问。

“要什么角色，这儿什么面具都有。”孟阂冰说。

我们走进了场内，一个人工山洞，很大很深，烛光摇曳，各种角色在起舞：阿波罗、阿凡提、嫦娥、关公、埃及艳后、卓别林、孙悟空、铁臂阿童木，还有形形色色的鬼，气氛神秘离奇。

“我要一个鬼。”我说。

“我也要一个鬼，”女孩笑着说，“最好是青面獠牙的。”

孟阂冰把我们分别引入男女道具室，侍者为我换上鬼的衣服，套上鬼的头。现在，只有眼睛是真实的。我来到舞场中间，一个摇摇晃晃的女鬼邀我跳舞，我们攀谈起来，她的声音不是女孩，但我们的谈话轻快有趣，彼此交换了几个无聊的笑话，一曲终了告别。我准备去找女孩，马上又有一个女鬼缠上我，我四处张望，居然舞者中的绝大部分都成了鬼，男鬼、女鬼、丑陋的鬼、迷人的鬼。“鬼太多了，为什么都要当鬼呢？”我问舞伴，她说：“人更多，可依然要做人。”我们不再说话，舞曲将尽时我说：“我猜出舞厅为什么叫麋鹿了。”“为什么？”“那是迷路的谐音。”“也许吧。”女鬼说完离开了。就这样，两个多小时过去，我没在群魔乱舞的舞厅中找到女孩。孟阂冰和乐一鸣也同样因为不能识别面目而找不到。去道具室卸了面具，把道具服也脱了，再回到舞场时，我看见了女孩，她也除去了身上的伪装，站在女道具室门前四处张望，如同一只孤立无援的仙鹤。

“走吧。”她走过来对我说。

出了舞厅，女孩闷闷不乐，我问：“齐予，你怎么了？”问了几次，她才轻声说：“有个人纠缠我，说了很多莫名其妙的话。”

“谁呢？说了些什么？”我问。

“不知道，声音是陌生的，化装成阿里巴巴，他说从见到我的第一眼起就爱上了我，我无法摆脱他，你又失踪了。”女孩说。

“也许你遇上了一个爱恶作剧的人。”我说。

“可是，面具里露出的眼睛似曾相识，我也许在哪儿见过这双眼睛，可实在回忆不起来了。”女孩的眉头紧锁着。

“你说那人化装成阿里巴巴，如果想弄个水落石出，我们可以回去。”我说。

“不，已经很晚了，送我回家吧。”

15

半夜，女孩来了，推开我的房门，把肯尼·罗杰斯的音量倏地调高，躺在床上阅读的我吓了一跳。

“在读什么？”女孩问。

“杜桑的画，你怎么回来了？”我说。

“姐姐没回来。”女孩说。

她把我手中的画册抽出，随手翻动。

“齐戈没回来？她会去哪儿呢？”我问。

“不知道，你怎么看这么难看的画，这不是蒙娜丽莎么，怎么装上了胡子？”女孩说。

“杜桑想象力丰富，他作品诞生的时代很早，有些东西在今天看来哗众取宠，可他的叛逆精神值得称道。”我说。

女孩将画册还给我，脱掉长裙，飞快钻进我的毛毯，她说：“吕韩，我怕。”

“怕什么？”我问。

“面具里的眼睛。”女孩抓住我的手臂。

“阿里巴巴的眼睛？”我问。

“那双眼睛一定在什么地方见过，却实在想不起来了。”女孩说。

“那就不要去想，不早了，睡吧。”我说。

我下床关掉唱机，女孩从床上坐了起来：“差点忘了，给你看样东西。”

她的身体从毛毯里生长出来，伸手取过长裙，在口袋里摸着。

“我小时候的照片。”她说。

她手中有一张一寸小照，黑白的，已经泛黄。

我接过来看着，笑了，这是一个看不出性别的婴儿，赤身裸体。

“我的第一张照片，满月照。”女孩说。

“非常可爱。”我朝冲着我微笑的女婴眨眨眼。

“像不像我现在？”女孩问。

“不像也像，她就是你。”我说。

女孩把毛毯掀起来，她身上没有衣物，细腻的皮肤在灯光中发亮，纤长的手臂舞动起来。她说：“我现在会跳舞，她不会；我会生育，她不会；我是女人，她是一无所知的小孩，而我却由她而来。”

她的手臂做着各种优美的姿势，我脑海中出现这样一幅画面：一个裸体少女在一大堆树枝前，舞动的手臂如同树林。

“手臂上的树枝。”我心念一动。

“什么？”女孩停止了舞蹈，回头问我。

“如果我的灵感没有错，我会得到一幅好照片。”我说。

女孩钻进毛毯，问我：“你想拍什么？”

“手臂上的树枝，你愿意与我一起去捡树枝么？”

“为什么？”女孩说。

“为了即将得到的好照片。”

“那我们现在就去。”女孩说。

“这么晚，别人会把我们当作贼的。”

“有偷树枝的贼么？我要去。”女孩跳下了床，黄色的格子长裙很快回到身上。

“好吧，当一次贼。”我只好起来穿衣服。

穿行在夜晚的街道上，去护城河边的一条小路，女孩说放学回家时看见绿化工正在修剪那儿的梧桐树，弄得满地都是树枝。到了那条小路，果然和女孩描述的一样，路边是一小堆一小堆的树枝，我们拾了一些抱在胸前往回走。

路上有稀疏走动的人影，彼此交错而过，没人把我们当作贼。

我和女孩往返三次。

我的工作室有了一大堆树枝，在镜头里成为杂乱的布置。

女孩裸露的躯体在树枝堆中翩翩起舞，音乐从隔壁的房间传过来，她瘦长的手臂，小而娇嫩的乳房，倔强的眼神，与镜头融为一体。

“太美了，这样的美，只有死亡才能抵消。”我按下了快门。

“不多拍几张？”女孩问。

“不用，杰作只需要一张，”我笑了，“它来自上帝之手，而不是工具。”

女孩笑了，“我有些冷，我要睡了。”

此刻的窗外，有了隐约的曙光，天快亮了，我和女孩相拥而眠。

朦胧的睡乡中，乐一鸣和孟阕冰在叫门，我和女孩起来，发现已是午后。下床后第一个动作是让肯尼·罗杰斯唱歌，两个好朋友进了屋。女孩找了些饼干啃着，大家在沙发边围成一个不等边的三角形，乐一鸣问我："昨天忙着招待来客，没来得及关照你们，玩得还好？"

"很开心啊。"我说。

"你昨天装什么了？"乐一鸣说。

"鬼。"我说，"我和齐予都装了鬼，你呢？"

"我是阿里巴巴，昨天装鬼的太多了，我就来了个阿里巴巴。"乐一鸣说。

我暗自一惊，回头去看女孩，她吃着饼干，不动声色地注视着乐一鸣，表情惺忪而傲慢，看上去十分迷人。

"阂冰，你呢？"我问。

"也是阿里巴巴。"

女孩的眼神移到了孟阂冰脸上，嘴里一刻不停地嚼着饼干。须臾，她想起什么似的对我说："吕韩，我回家看看姐姐回没回来，你们聊吧。"

女孩说完，离开了房间，一记很响的摔门声。

“齐戈没有回来？”乐一鸣问。

“不知道，昨天报上说酥手时装队已回城了，晚上她没有回家。”我说。

肯尼·罗杰斯唱完了，我去换了娜娜·莫斯柯莉。

“对了，这次回新疆，诗集的事怎么样了？”我回头对孟阕冰说。

“总算定下来了，书名被换成了《爱情童话》。”诗人有点走神。

“原来的那个题目多好，《手臂上的树枝》，可惜了。”我说。

“没有办法的事情，在出版这个方面，征订数是唯一的标准。”诗人说。

“我有幅作品倒很适用这个题目。”我没有把先斩后奏的真相告诉诗人。

“那就送给你吧。”诗人说。

16

深夜，我在工作室摆弄照片，女孩来了。“姐姐没有回来。”她心事重重地说。

“可能顺路去什么地方旅游了，总要回来的。”我回头对女孩说，“来看看你的照片。”

“这么快就好了？”她说。

我把照片放大成十六吋，用白色卡片衬好，放在立架上，并已贴上标签:《手臂上的树枝》吕韩中国。女孩在立架前站着，目光在照片上凝聚。

“真好，”她说，“真是一张好照片。”

我从背后搂住她，欣赏着自己的杰作，这是一张黑白照片，光线、层次和距离掌握了很好的分寸，但这不是主要的，最让人满意的是作品的构图。那一瞬间，女孩充满张力的手臂在镜头中停顿，纷纷扬扬的长发遮住了她的面容，女孩瘦长的躯体与地上的树枝在阴影中叠合，一双倔强的眼睛在头发中显得孤傲而诡异。

“它不但是一张好照片，更是一幅杰作，就像你一样。”我说。

“我爱你，非常非常爱你。”女孩说。

在这个秋天的夜晚，我们拥吻在一起，美丽的吻，充满激情，我抱起女孩，为她裸身，将她放在床上，吻她。

“这儿有一块皮肤特别浅。”我发现女孩耳垂左侧有一小块白斑。

“哪儿？我看看。”女孩说。

她拿出小镜子照着，看见一分币大小的色差在皮肤上显示，她重新躺了下来。

“要我。”她说。

我进入了她的身体，她把毛毯扯过来，盖住了两个人，我们自始至终亲吻，毛毯从我的背脊滑了下来。

我们平躺着，毛毯再次回到两个人身上，女孩好奇地问我：“你在照片上写了中国还有自己的名字，为了什么？”

“参加法国的金狮国际摄影节。”我说。

“会得奖么？”女孩问。

“会得奖，可能还会得一个比较大的奖。”我说。

“你吹牛。”女孩说。

“不吹牛，我相信它是一幅杰作。”我说。

女孩笑了：“它的确是一张好照片。”

过了一会儿她说：“我找到那双眼睛了。”

“什么眼睛？”

“阿里巴巴的眼睛，他今天来过这里。”女孩说。

“你说一鸣和阂冰？究竟是哪一个？”我问。

“我不会告诉你，都是你好朋友，说出来不好。”女孩说。

“可不说出来，必定有一个人是受冤枉的。”我说。

“那就等于两个人都冤枉，又都不冤枉，你们还是好朋友，”女孩说，“明天一早我要回学校，我要睡了。”

女孩睡着了，我一夜难眠。

17

一个星期过去。周末，女孩回到我的身边，带来了齐戈失踪的消息。

“姐姐还是没回来，我去了酥手时装队，队里说她根本就没去南方巡演。”女孩说。

“那她会去哪儿呢？”我说。

女孩摇摇头，样子非常伤心。

“不行的话，我们登寻人启事。”我说。

“会有用么？”女孩说。

“试试吧。”我说。

我给乐一鸣挂了电话，让他帮忙办这件事，乐一鸣答应了。

“没问题，保证报纸发消息。”他说，“对了，今天中午童北给我们杂志社挂过一个长途，让我代问你好。”

“《鸳鸯蝴蝶梦》拍得怎样了？这么久没音讯。”我说。

“戏刚过半，要到冬天才能完成。”电话那头说。

“寻人启事的事拜托了。”我说。

“放心吧。”乐一鸣挂上了电话。

我回头看着女孩，她注视着我，脸色苍白。“她会回来的。”我说。

女孩一声不吭，脱去长裙，钻进毛毯里，蒙住头，我听到了她的哭泣声。

“陪陪我。”她的声音草一般从毛毯里钻出来。

我脱去衣服，在女孩身边躺下，毛毯盖住两个人。女孩抱住我，她的手冰凉冰凉，抚摸着我的身体，她顺着小腹探下，握住了我的阳具。

“它要过姐姐是么？”她说，“它钻进过姐姐的身体，姐姐在哪儿呢？”

“她不会有事的。”我说。

“我不恨你和姐姐，姐姐是个美人，有一对很好看的乳房，不用说男人喜欢，我也爱把手放在上面。我和姐姐相依为命，睡在一起，把手放在她的胸前，我就睡着了。”她说。

女孩满脸是泪，趴在我身上睡着了。

18

那些天，本城的报纸陆陆续续刊登了这样一条寻人启事：

> 齐戈，女，23岁，身高173厘米，皮肤白净，本城口音，于夏天离家出走，知情者请与《南方人间》杂志社或酥手时装表演队联系。定酬。

可一直到秋天过去，仍没有关于齐戈的消息传来。

“我见不到姐姐了，”女孩哭了，“姐姐从这个世界上消失了。”

“她会回来的，她不会有事的。”我自欺欺人道。

孟阕冰来向我告别，他要回新疆去一次，母亲来电报说，祖母去世了。孟阕冰走了，不料一别竟是七年。几乎与诗人离开本城同时，女孩也离奇地从我的生活中消失了。女孩失踪前一个半月，已不来我这边，偶尔打电话来，说最近很忙，问忙什么，她支支吾吾，我便不再追问，后来她电话就少了。有一天深夜，我在看书，电话铃响了，我去接，对方挂了。放下，又响了起来，再听，又变成忙音。这样，至少重复了五次，才听到了有人的声音，却始终不说话，我一连串问：“你是谁？你是谁？”话筒那头有人在哭，然后电话挂了，再没响起。从那时起，我再也没有接到女孩的电话。

女孩失踪后不久，出版社陆续寄来三本挂历，一本《风景》，一本《妩媚》，还有一本自然是女孩的，却没有拟一个标题。从发行数量看，《妩媚》把另两本远远甩在后头，这是我预先想到的。

冬天降临了，齐戈风尘仆仆出现在我面前，她说："我们又见面了。"我说："你上哪里去了？齐予都快急疯了。"齐戈说："我妹妹人呢？"我说："我已很久没有见到她，亏你还记得有个妹妹。"齐戈说："我还以为她在你这儿，既然这样，我走了。"我叫住了她，把刊有她照片的报刊给她，把那本《妩媚》也给了她。

晚上我从乐一鸣电话里知道童北也回来了，我隐隐明白了其中的奥妙。

几个月后，二十集电视连续剧《鸳鸯蝴蝶梦》在本城隆重上映，童北是男主角，扮演一个清朝的坏蛋秀才，齐戈在剧中扮演一个侠女，竟是女二号的角色。

19

现在，相比七年以前，我的事业有了更大的成功，声誉超出了本城的范围。女孩失踪后的第二年春天，我的摄影作品《手臂上的树枝》在法国金狮国际摄影节上获得大奖，我专程去了巴黎。

我是这样发表自己的演说的：

“女士们、先生们，我感谢能够得到来自法兰西的这份荣誉。激动之余，我要说，在悲伤的爱情故事面前，我的作品是自私的、浅薄的。我本来可以把这份荣誉与我心爱的女孩一起分享，可是她走了，没有人知道她的下落，她就像仙鹤一样飞到我的身旁，又像仙鹤一样飞走。她是一个天生的舞者，诸位不知道她的名字，她走了，我又如何能心安理得地把奖杯高高举起。我恳求金狮奖组委会能保存这座摄影师和他的女孩的奖杯。有朝一日我心爱的女孩回来了，我们共同来接受这份荣耀。”

我走下颁奖台，场下掌声不绝，我哭了。

在巴黎仅逗留了两天，第三天便飞回了我居住的城市，在护城河边的小路上走着，想起那天晚上和女孩捡树枝的场面，我哭了。

20

孟阕冰当年的离去是不近人情的，我和乐一鸣都以为他奔丧后还会重返本城，不想一去全无音讯，半年之后才写来了一封信，随信附上了新出版的诗集《爱情童话》。他说他已留在了新疆，在一所大学任教，不准备再返回了。

乐一鸣说："阕冰那年的走至少放弃了两个机会，第一放弃了攻读博士学位，第二放弃了可能留在《南方人间》当编辑的机会。"

而他是多么想留在我们这个大城市呀。于是，诗人的走成了一个谜。

七年后，他带着女儿来解谜了。他到达本城的第二天，单独约了我去护城河边的那家小咖啡馆。

“吕韩，知道我当年为什么回新疆么？”

“这正是我们一直费解的事。”我说。

“为了齐予。”他说，“还记得那次化装舞会么？那天夜里，我向齐予表达了爱慕。”

“你就是那个阿里巴巴？”我问。

孟阂冰点了点头。

“齐予当时患了一种奇怪的皮肤病，脸上长出许多白斑。她是一个爱美的姑娘，她知道一个摄影师绝对不会容忍美被毁灭，她就这样离开了你，和我踏上了西去的火车。”

“她现在好么？”我的声音有些颤抖。

“生下北君后不久就死了。”

“北君是齐予的女儿？”我惊呆了。

“是你和齐予的女儿。”

“我的女儿？”

“齐予生下北君后，割开了自己的动脉，白斑半年时间内爬满了她的面孔，她死时已失去了美貌。”孟阕冰的泪水顺着脸颊滚落。

我的泪水夺眶而出。

恨 过

因为住房的关系，大哥的婚事一再拖延，在他三十二岁生日那晚，我未来的嫂子发出了如下最后通牒：再不办婚事的话，我真的只有走了，你想让我变成老太婆才披上婚纱么？大哥送完辛紫回家后，一脸灰暗，他不能怪辛紫，他已拖累人家整整六年了，当初二十出头的漂亮姑娘已成少妇模样。二十七岁的辛紫为大哥堕过两次胎，这样痴心的女人越来越少了。大哥能不在乎她么，想想不能把心爱的女人娶回来，大哥一筹莫展。一直到半夜，他坐在木凳上抽烟，把房间熏得青烟弥漫，最后他下定决心，把烟头在鞋底捻灭，对我说：“弟弟，我有话对你说。”

作为弟弟的我当然知道大哥要说什么。但是，我不想让那句话从大哥嘴里说出来，我知道，大哥会为说这句话后悔一辈子，所以，还是让我自己来说，我自己说会让大哥的负疚少一点，只是，一旦我说出来了，就不能再在这个家里待下去了，可是，作为一个好兄弟，我不得不说。我说：“大哥，你把嫂子娶回来吧，我能找到地方住的。”

我看见大哥眼眶红了，这是我第一次看见大哥为他的弟弟流泪。可他又何尝不是在为自己流泪呢。

在寻房启事的帮助下，我很快找到了一处栖身之地，清辉大楼地下室。清辉大楼与我家只隔两条横行道，是我们这个街区最老的一幢高楼，虽然在如今林立的摩天大厦间，它十层的高度算不了什么，但它是1949年以前造的，这使得它在众多新潮建筑物中显得优雅而神秘。我从家里搬出来不久，大哥与辛紫在醉仙楼办了酒席，一共十六桌，大哥的婚结得不容易，办得风光一点是应该的。亲戚们都来了，还有男方女方的友人，把整个大厅都占满了。大哥的脸笑得像一朵花似的，辛紫又像当年那样漂亮了，不，比当年还要漂亮，都说女人最美就在披上婚纱的时候。看着像公主一样光彩照人的辛紫，我想肯定有人会嫉妒大哥的。我答应过为大哥做傧相，我没有兑现诺言是因为我要带一个人来结婚现场，这个人就是杭姿。此刻，在主桌的一侧，她与我比肩而坐。作为新郎的弟弟，我承担着招呼客人的责任，我向大家介绍着来宾，也把杭姿介绍给大家，杭姿浅浅地朝来客们报以微笑。看着她的花容月貌，我想，一定也有人在嫉妒我。

婚礼按照传统的形式进行着，新郎新娘向亲友们敬酒点烟，已经有人在商量闹洞房的节目了。我私下问杭姿：“我们去不去呢？”杭姿说：“你是弟弟嘛，当然应该去的。”我说：“我大哥的新房那么小，又有那么多人要去，我看就算了吧。”杭姿没再说什么。酒席结束前，我向大哥和嫂子说了我的意思，征得他们同意，我们就和其他客人一起告辞出来。杭姿在路上对我说：“大哥和嫂子是我看到过的最般配的夫妻，大哥那么英俊，嫂子那么漂亮，真是天生一对。”说这些话时的杭姿，把头靠在我的肩上。我看不见她的表情，可以听见她语气中有一丝淡淡的幽怨。她常常是用这种声调说话的，她离我这么近，又是那么远，她身上病态的情绪让我着迷，像一股略带霉味的香气将我麻痹。

我搂着她纤细的腰肢，对她说：“其实我们也是天生一对。”

杭姿没有说话，我能感觉到她正露出笑容，她特有的苦涩微笑，于是我把她搂得更紧一些。

我们在路上缓缓而行，用了多出一倍的时间才回到清辉大楼。杭姿的白猫很远就来迎接它的主人，看着我们走近，白猫转身开始为我们引路。杭姿苦涩的微笑再次显露，轻声说：“你看它，多么黏人。”

“那是因为你待它好。”我说。

白猫跳上了台阶，回头看我们。它原来是一只黄猫，杭姿用颜料把它伪装成现在的样子。对杭姿的这个举动，我无法解释，也许只是打发无聊吧。

我们走进大楼，白猫跟在我们身后，看见主人没有上电梯，而是跟着我走下地下室，白猫一下子跑到我们前面去了，在黑暗的尽头，黄绿色的瞳仁射出光芒，像两颗宝石镶嵌在虚空里。

杭姿意识到了什么，她说：“太晚了，我不该到这儿来。”我一下子把她搂在了胸前，她仿佛一团雾一样将我包围，我那么贴近地嗅到她的发香，那么用力地将她束紧。以至于她的喘息开始艰难，大口大口把气息吐到我的头颈里。

“你让我透不过气了。”她说。

“我们都会透不过气来。”我说。

我放松了她，在她仰起头的同时，嘴唇封住了她的嘴唇，我听到了白猫的叫声。

她的身体在我的掌中变得柔软无比，使我托不住她下沉的姿势，我把她抱了起来，她的手臂勾住了我的脖子。

“我爱你。”我说。

她的两腮依然挂着苦涩的微笑。

我把门打开，没有开灯，我闭上眼睛，熟门熟路的我可以避开房间里的椅子和其他障碍物。我走到床边，把杭姿放在上面。睁开眼睛，看见昏暗中的杭姿泪流满面。

我拧亮了床头的灯，证实确实是哭泣中的杭姿，她无声地流着泪，泪水像露珠般悬挂在她细软的发梢上。

我很吃惊，我从来没有看见她流过泪。说句实话，我从未经历过一个成熟女人的当面哭泣。我手足无措了，用有点发颤的声音问：“杭姿你哭了？”

白猫不知何时蹲在了一只木凳上，喵呜喵呜地叫着。杭姿没有说话，把衣服从身上脱下来。我用手指为她拭去泪水，我明白接下去将要发生什么了，我很紧张。

我二十四岁了，还从没与女人干过那件事，这是我紧张的原因。但我不能暴露我的畏惧，我用平静的口吻说：“杭姿如果你觉得不可以，我绝不勉强你。”我一边说一边试图把她的衣服弄好。

但杭姿重又把衣襟敞开了，把衣服一件件脱下来。她的躯体在床头小灯的辉映中逐渐展现，终于她身上什么也没有了，相比着衣的她，此刻的她美得更加丰富更加单纯。她蒙眬的泪眼有点红肿，使得她愈发楚楚动人。她裸露的姿态既丰腴又纤瘦，让我变得迟钝而迷离。

“今夜你是我的新娘。”我像一只青蛙匍匐在杭姿身上。

我对她说：“知道么？今天真正结婚的是我们。”

杭姿苦涩的微笑在灯光中极为细小地闪烁。

“我不是一个真正的新娘。”她说。

我明白杭姿话中的含义，我的表情没有变化，心像被什么扎了一下。我知道杭姿为什么哭了，不知出于什么心理，我居然这样安慰杭姿：“我也不是一个真正的新郎，在这一点上谁都不能对从前负责，因为谁都难以在恋爱中联想下一次恋爱。”

我最终没能骗过杭姿，她拆穿了我的把戏：“你是第一次，我知道你为什么要这样说。”

“我爱你。”我把脸埋在她的头发中间。

“我来帮你。”杭姿说。

我和我的情侣在白猫的注视中融为了一体。这是十月一日的夜晚。

在市立图书馆工作的我每天很晚才下班，特别到了暑假，馆里延长了开放时间，班时也因此顺延到了十一点钟。不过对我来说，这算不了什么，我是个夜猫子，早了也睡不着。而且自从我搬到清辉大楼地下室后，起居更不必担心影响大哥了。图书馆离我们街区很远，骑自行车需一个小时。我一路哼着流行小调，夏夜凉爽的风把我的头发吹拂，老爷车嘎吱嘎吱一路作响，有时我在扁担摊上吃碗馄饨外加一碗血汤，然后我飞身上车继续赶路。征途漫漫如同我此时的无聊，其他时候我不是一个无聊的人，我会像一个哲学家陷入沉思，我的单位有取之不竭的书籍，我又像一个备课老师那样边看书边做笔记，我已经尝试写出第一批文字学小品。这就是我当时的生活，它可以是充实的，也可以全无价值，就像虽则无聊却必须完成的一小时车程。

深夜我在这个城市的大街小巷穿梭，我的无聊由三部分组成：流行小调、打铃和冷不丁的一声怪叫。我把睡着和准备睡着的人惊起，也把角落里的猫狗惊起。我一会儿快，一会儿慢。快的时候发出缺德的长嘶，慢的时候陷入文字学的思考。真是忠奸难辨。

终于骑到清辉大楼，身上大汗淋漓。把自行车朝墙上一撂，蓄了一桶水，在楼前的花园里洗起了冷水澡，把身上的臭汗与无聊一起洗去。兴奋劲还有残存，拿出一把椅子在花园乘凉，此刻，悠然地望着月亮，听到了从天而降的隐约歌唱。

仔细聆听，一把吉他和一个女人的轻弹浅吟在高处飞翔，搬来一个星期，我都能在阒无人声的深夜听到它。我辨别着来源何处，后来断定就在清辉大楼上面，好奇心按捺不住，终于在这个月亮很好的夜晚，去探秘了。电梯把我送至最高一层，我走出电梯，清晰地听到了歌唱从更高处的楼顶飘来。从边梯走上广阔的坪台，月光笼罩下的天空，呈现出灰蓝相间的布的质地。我在平台的边缘，看到了那个怀抱吉他的女人，她身边有一只白猫。

女人坐在椅上，我看到的是她既丰腴又纤瘦的背影。白猫一动不动，像一只瓷的装饰。我在距离女人不远的栏杆边坐下，听她的歌声和拨动的琴弦声。

她唱的歌我从没有听过，大致可归入城市民谣的范畴，她的嗓音很适于唱这种慢板的调子。她在这个清凉的夏夜丝丝入扣地弹出一首首曲子，它们有一个共同的特点：凄凉。或者说，不是歌曲本身凄凉，而是女人唱得凄凉。

她的歌中充溢着难以名状的感伤，她不是为倾听者而感伤，而是要让自己感伤。

夜更深了，女人终于站了起来，那只始终静止的猫突然复活，一下子跃身而起。女人朝边梯走去，看到了我。她吃了一惊，我向她露出歉意的微笑，同时吃了一惊，这是一副何等美丽的容颜。

这样的容颜与我内心中完美的肖像如此贴近，每个人心中都有这样的一帧肖像。它是朦胧的，就像一种我们曾经熟悉的花卉，比如百合，我们看过其美丽的样子，它却永远保持一种花蕾的状态，你不知道它再次开放时的确切模样，你只有印象中的那朵百合，可一旦真实的百合出现，却能一眼认出它。

我无法掩饰我的慌张，我因为认出了我心中的百合而慌张。手提吉他的女人愣了一下，像没有我这个人似的走了过去。跟在主人后边的白猫冲我怀疑地叫了一声，女人很快在边梯的上端消失了。我听见楼梯上传来软底拖鞋无精打采的拖沓声，我跟着下楼，在十楼看见女人推开了左室的房门，白猫转过身盯住我，一边叫一边向后退到房间内，女人把门关上了。

自从这个女人出现，我变得心事重重，思念她的程度超出了文字学。我还戒掉了夜归时的无聊，骑车的速度加快了，用四十分钟骑完了一个小时的路程。我不再瞎打铃了，也不发出恐怖的尖叫了。不过我还是要哼上几段小调的，它们是刚从女人那儿学来的，而不是磁带里的流行歌曲。每天深夜我都去平台听女人歌唱，她翻来覆去弹奏五首不知名的歌曲，一曲终了，我为之轻轻鼓掌。我们始终没有说话，虽然我知道她不再忽视我的存在了。

女人的神色是幽怨的，如同她一如既往的琴声。她愈是苦不堪言，则愈使我感到着迷。她病态的美占据着我的目光，作为一名文字学爱好者，我却一度找不出准确形容她的词语，直到我听到她典型江南气息的名字：杭姿，才从脑海中跳出这样一个与之相配的汉字组合：优柔。

我对文字学的钟情是一种不合时宜的爱好。作为该学科的一个分支，我对姓名学历来半信半疑（它介于文字学与占卜之间），可我得承认，怀抱吉他的女人有杭姿这么贴切的名字，哪怕仅仅是一个符号的话，也的确是非常贴切的。

虽然我每天都要去坪台听女人抚琴而歌，她却没有用正眼来看我。她当然是注意到我了，但她用冷淡来暗示我，我在或不在都是无关紧要的。

终于有一天，我站在了她面前，拦住她走下边梯的必经之路，我对惊愕的她说：“哭哭哭，你真的把我这个老同学忘得一干二净了么？”

她惊愕的表情凝固在我的眼睛里了。显然，她对我叫出她儿时的绰号大惑不解。在黑夜里，她眉宇的轮廓与童年隔江相望（如果光阴是流水的话），借着楼内反射出来的灯光，她辨认着我。但我相信，她已认不出我了。

虽然她的视线至少在我的脸上待了半分钟之久，但记忆抛弃了她，她失败了。她有点惶恐地说：“你是谁呀？”

“再想想。”我说。

她重新打量我的脸，这次，她耗费了更长时间，她终于被记忆唤醒了，她说：“让我想想，好像你是——”

“娃娃脸。”她脱口叫出我的绰号，她笑了，“你戴了眼镜所以一点也认不出来了。”

“我们都变了，我也是刚刚肯定是你，前几天我就有点认出你了，但不是百分之百，一直到方才才敢肯定——”她打断了我，“你是怎么认出我的？”

“应该说我是想起来了，我先想起了那时你的外号，然后才确定了是你。”

她点点头，若有所思地笑了，她不知道正是她的这种苦涩笑容勾起了我对她的回忆，使我想起了白屋小学的那个不起眼的小女孩，我们那时叫她哭哭。

哭哭哭是个没有反抗精神的小女孩，这样的性格注定了要被欺凌，在儿童天地也不例外。小伙伴们自动组成了一个团伙，暗中挑选了可供捉弄的对象，哭哭哭是第一个被挑中的。

哭哭哭那时的个子非常之小，有一次我亲眼看到，在一阵雨前大风中，朝白屋奔来的她被吹成了一片羽毛。她爱穿白色的裙子，看起来真像一片白色的羽毛，她在跑上石阶时跌倒了。毋宁说，她是被吹倒了。灰尘弄脏了她的白裙子，她哭了，露出灰色的四环素牙，她真是一只丑小鸭。小伙伴们纷纷涌过来，把她团团围住，用刮脸皮来羞臊她："哭哭哭。"女孩哭得更厉害了。

后来老师来了，大伙散开了。我站在她旁边，和老师一起把她扶起来。因为这个动作，我遭到了小伙伴们的围攻，他们的首领叫大兵，是个大块头，他的威信也是建立在体型和力气上的。他推了我一下，我便倒退了五六步，他在大伙的簇拥下，神气活现地对我说："娃娃脸，你这个叛徒。"

"我不是叛徒。"我的声音很轻。

"你不但是叛徒，还是个娘娘腔。"大兵为我定了性。

"我不是娘娘腔。"我说。

"如果你不是娘娘腔，为什么帮哭哭哭？"大兵双手叉腰说。

“她挺可怜的，你们老是欺负她。”我说。

“你是叛徒甫志高，”大兵说，“你被开除了。”

这时老师来了，大兵和他的部下们一哄而散。我哭了，我成了叛徒甫志高，还有什么比这更可耻的呢。

这样，继哭哭哭之后，我成了新的被捉弄的对象。大兵说，既然不是战友，就只能是敌人。在后来的日子里，我又被冠上“走狗”“土匪”“地主”等种种罪名，被他们“批斗”“打倒”甚至“枪毙”。然而，在我饱受凌辱的时刻，哭哭哭并没有站在我这一边，她好像与他们同流合污了。看着我受罪却和别的小女孩一样，躲在旁边偷笑。她苦涩的笑容那时就有了，那种笑容中有着怜悯的成分，我想她还是同情我的，但她无能为力，所以只好站在一边抱歉地看着我。可她又不能让别人看出来她的怜悯，所以只好苦笑了。这样的猜测使我原谅了她的旁观，我想我和她在心灵上是一体的。虽然她帮不了我，至少她知道，我是因为她才成为众矢之的的。她心里必定是感谢我的。

后来有一天，我这个刚刚被镇压的“国民党军官”跑到白屋后面的花园生着闷气，哭哭哭来找我了。她对我说：“你为什么不反抗呢？”

我说：“大兵很凶的。”

哭哭哭失望地摇摇头，跑开了。过了一会儿，她又回到我身边，对我说：“娃娃脸，我给你讲个故事好么？”

我就和她一起在石椅上坐下来，哭哭哭说了这样一个故事：有条蛇常常被人践踏，就去向神告状，神对蛇说，如果你看见第一个践踏你的人就咬，就不会有第二个人来犯了。我问哭哭哭：“你是要我像蛇一样去咬大兵么？我不敢。”

哭哭哭说：“你真是没用，你怕他什么呢。”

我说：“我不知道怕他什么，大概是他的大块头。”

哭哭哭沉思了一下，对我说：“这里还有一个故事，你要听么？”

我点点头。

哭哭哭说：“有几个人在海边，望见一条大船，就在沙地上等它靠岸。过了一会儿，大船靠近了一些，他们才发现是条小船，不像先前想的那么大，他们再等下去，等到那只小船到了岸边，才看清不过是一捆枯树枝。”

以上两个小故事，用成人的眼光去看，并没有什么深奥，哭哭哭那时不过七八岁，可以灵活运用它们，说明她是个早慧的小姑娘，相比之下，我就有点愚钝了。

我说：“这个故事我不大明白。”

哭哭哭说：“如果你不和他较量一下，怎么知道他是大船还是枯树枝呢。”听了她的解释我才明白了故事的内涵，哭哭哭接着告诉我一个秘密：“大块头都是怕痒痒的，如果他再欺负你，你就胳肢他。”

那一刻，我开始佩服起面前这个小不丁点的女同学来了。她不但会说那种要动动脑筋的故事（上了初中后我才知道那两则故事都来自伊索寓言），还知道大兵怕被胳肢的弱点，我决定尝试一次报仇雪恨。

于是，当大兵再次来挑衅的时候，我不再畏缩了。我憋足了劲准备和他干一场，既然我已知道了他的弱点，还有什么理由退缩呢。我想我圆圆的娃娃脸一定把这种决一死战的情绪明白无误地表现了出来，这使比我高出半个脑袋的大兵不由一愣，他推了一下我的前胸，把我推倒在座位上，然后用手做成一把手枪，这次他封了我一个“汉奸”的称号，用枪指着我的眉心说：“娃娃脸，你这个汉奸，我代表人民宣布，将你就地正法。”

他扣动了扳机，按照平常，我应该应声倒下，在痛苦的呻吟声中死去。但这回我不干了，我跳起来，站在课椅上，像一头牛一样跃起，没有防备的大兵在躲闪的时候，被身后的课椅绊倒了。我就势骑在他身上，在小伙伴们的惊呼声中，我开始在大兵的颈内、胸前、腋下抓挠，大兵开始笑起来，身体扭动着，像一只蠕动的大虫子。很快，他变成了一只抽水机，他张大口笑个不停，好像在吃下一个又一个空气做的馒头，鼻子里发出呛水般的声音，眼睛有点突出来了，表情难以形容，后来我才明白，他的笑已接近了生理极限，但我没有意识到这点，一来没有这方面的常识，另外我似乎进入了一种亢奋状态。因为我第一次听到大兵求饶了，他哭丧着脸显得比死还难受，身体已经扭不动了，好像也笑不动了。我命令他说自己是“汉奸”“土匪”“特务”，他不假思索全部照办了。他断断续续地说：“饶了我吧，我是汉——奸，我是土——匪，我是特——务，我该死，我罪该万死。”但我并没有停下挠痒痒的动作，我知道这次机会对我来说是绝无仅有的，我不能轻易放弃它，我对大兵说：“你叫我爸爸我就放了你。”大兵这时已经口吐白沫了，他哀号一样地叫着：“爸——爸爸。”正在这时老师冲进了教室，大声断喝：“申屠黄黄，赶快住手。”直到这时，我才知道闯了大祸，从大兵身上起来，他已面色灰白，快要休克了。

因为这件事情，我被老师狠狠批评了一通，做了书面检讨。我的检讨书被贴在学校最醒目的橱窗里，我成了反面教材，也使我在小伙伴们心目中变得不可冒犯。大兵的身体很快恢复了，不可一世的模样却恢复不了了，他的地位在小伙伴中一落千丈，没人叫他大兵了，取而代之的是他普普通通的名字：张军。

张军这个名字是我能记住的白屋小学同窗中的唯一学名。其他的小伙伴，要么记住绰号，要么就什么也记不住了。在白屋小学我读完了二年级，然后便转到一所外区小学去了。挠痒痒事件是我转学的直接原因，因为这件事老师们把我归入了坏学生的行列，我只能另择他处重新做人了。我走的那天，哭哭哭走到我身边说：“娃娃脸，都是我不好，给你出了那个主意。”我说：“怎么能怪你呢，要是我只教训他一下，没有把他挠昏过去就好了。”我们都为偏离预期的目标而感到可惜。要分别了，哭哭哭眼圈又红了。我转身离去，一晃过去了许多年，我再也没有遇见她。一直到今天，她已长成一个典型的美人出现在我面前。

我们彼此把对方认了出来，难堪的是已经遗忘了对方的名字，我们都是大人了，总不能哭哭哭娃娃脸叫个不停吧。忽然我有一种奇特的感想，我在叫出绰号的时候，那个绰号就如同一把神奇的钥匙打开了童年的门，可这把钥匙只能使用一次，当你试图再使用它时，它就会改变性质，一下子从友情的召唤转变为不伦不类的戏谑。许多个春秋过去了，我与她之间已经丧失了戏谑的基础。所以，在认出对方的最初时刻，我们双双陷入沉默，在辨认出彼此的面容后，又在想对方的名字了。

很快我们就意识到，要回忆出对方的名字完全是一种奢望。不必说光阴流逝了这些年，即便当初在白屋小学时，我们也没有很好地去互相呼唤同学的名字，每个人都有一个生动的绰号，而且，我们那时也识不了几个字，只能识出张军这样普通的名字（这估摸也是我记住它的原因之一）。相比之下，容貌哪怕变化再大，它总有一个原始的轮廓，而名字因为没有具体的参照物，可以一点痕迹也不留下来。短暂的僵持之后，我只好厚着脸皮请教女同学的芳名了。

“真是对不起，我想不起来你的名字了，我们只好重新认识一下了。”我嘴上这么说，心想这叫什么事呀。

她似乎并不在意，落落大方地说：“我叫杭姿。杭州的杭，姿态的姿。”

“这样动人的名字与你真相称。”我由衷地说。

她笑了。

“没想到你也学会了恭维。”她的苦涩笑容在脸上均匀地涂过。

“我叫申屠黄黄，你也忘了吧。”

杭姿慢慢从边梯往下走，她模糊的笑容在楼内的灯光中变得清楚明晰。她说：“我想起来了，你的名字是四个字的，因为这，同学们还取笑过你，但我没有料到，它是这样奇怪的一个名字。”

不知怎么，听了她的话，我的脸火辣辣地开始发烧，杭姿不无嘲讽的声调使我惭愧。的确，我的名字是很奇怪，如果说申屠这个奇姓是我无法选择的话，黄黄这个怪名也太落井下石了。

我把话题岔到了杭姿的歌声上，我说：“没想到你歌唱得那么好，还弹了一手好吉他。”

“你喜欢？”她已走到了十楼的走廊上。

“喜欢。”我看见白猫跑到主人前面去了。

“真的喜欢？”她站住了。

正从边梯走下来的我用更加肯定的口吻说：“我真的很喜欢，我还学会了哼上几段呢。”

她回过头，不相信地看着我。

这架势，我知道我非要露一手不可了，我说：“把吉他借我一下。”

她把吉他递来，我刚刚拨出一串滑音，她说：“我们回到平台上去吧。”

她把白猫抱起来，重新走上边梯，我跟着她，回到平台上，坐在那把椅上，轻声抚琴而唱：

那个遥远的姑娘是我梦中的仙女我喜欢她的浅笑

她哭泣的模样也让我着迷她愿意做我的新娘

但我更愿她成为梦中情人这个矛盾让

她难过

我的心里也同样惆怅可我仍愿她永远

神秘

我不愿把神话变成普通的生活我喜欢

她在遥远的地方

美丽的身影让我自卑对我来说

这才是永恒浪漫的爱情

我唱完了，杭姿说："没想到你真的把它学下来了，而且你的吉他也配得丝毫不差，快赶上专业的了。"

"我是关公面前舞大刀。"

"你从哪儿学来这一手的？"

"以前和几位朋友搞过一个乐队，很久不练，手势生疏了。"

杭姿似乎有点走神，我问她："你一个女孩子怎么爱唱男人的情歌呢。"她才回过神来："就是喜欢这样的调子。”

我问：“刚才那首，歌名是什么？”

她说：“永恒浪漫的爱情。”

我又问：“我记得还有其他四首歌？”

她说：“仙女和狼，局内人，絮语，白色恋歌。”

我说：“真是一些好歌名，与内容搭配得很妥帖。”

说着，我重新弹起了吉他，把那些歌一一学来，我的好记性和娴熟的吉他技巧使杭姿倍觉惊奇。她怀抱白猫，抚摸着它的脊梁，在栏杆边坐下来，等我把最后一个和弦结束，她问：“你的音乐天赋这么高，以此为生么？”

我告诉他，我在市立图书馆当资料查询员，唱歌纯属业余爱好。

她听了，惋惜地看了我一眼。我说：“其实我更喜欢听你唱歌，真是一些好歌，是你自己写的？”

她说：“不是，我学会它们费了好大劲，哪有写出它们的本事。”

我说：“这些歌好像没在市场上流传过，写出它们的人很有才华。”

她的脸阴沉下来。

“我有点累了，想休息了。”她说。

我被她突然低落的情绪弄蒙了，只好跟着说：“的确很晚了，该休息了。”

她已走到边梯旁，回头对我说：“忘了问你，你是不是住在这幢楼里？”

我把吉他还给她，和她一起走下边梯：“我住地下室，你在最高，我在最低。”

她的苦涩笑容又泛在脸腮旁了。到了十楼，她推开左室的家门，白猫先钻了进去，她回头对我说：“那么再见了。”

我说：“明晚我仍会来听你唱歌的。”

她说：“那么明晚见。”说着朝我看了一眼，慢慢关上了门。

我回到地下室的房间，面对着墙站了好一会儿，意外的重逢令我意乱情迷。的确，杭姿于我只是一名陌生的同学，而今的她与往昔那个爱哭的女孩有着天壤之别，仿佛童话一样，从丑小鸭化作了美丽天鹅。回忆着当年的哭哭哭，与今天的杭姿比较，一个是四环素牙的毫不起眼的小女孩，一个是充满魅力的漂亮姑娘，是同一个人，这个现实使我产生虚幻感，好像被一把锁控制住了，浑身一点儿劲也没有。我回到床上，用枕头盖住脸，整个人在往上飘，就像源源不断的烟从身体内钻出来，整个人全部变成了烟，吸附在天花板上。厚厚的隔层挡住了我上升的去路，我从床上坐起来，像一只没有翅膀的鸟在房间内打转，我从来没有这样烦恼过，想到头顶上的她，明明只隔着有限的高度，却像天空般遥不可及，心都快碎了。

我失眠了，直到凌晨才昏昏入睡，我看见我变成烟突破隔层的阻挡，飘飘而上。忽忽悠悠中，到了十楼的走廊，从左室那扇门的罅隙间钻入，经过了外室，飘进卧室。杭姿已睡着了，白猫在床角虎视眈眈地盯着我，它好像识破了我的原形，我已顾不了那么多，我恢复了人的外壳，奔到杭姿床前，吻她光滑的额角和柔软的头发。白猫叫了，我重新化作了烟，飘逝而去。

当我走出地下室，站在大楼大门旁朝外张望时，户外已成泽国，台风挟带着雷雨光临本城了。关于这次台风的性质，气象台已多次报道，称这次为十四号的台风将是今年夏天最具灾害性的一次。看来，气象学家的预测颇为准确，倾盆大雨已把天与地混淆了，我的耳中灌满了狂风的咆哮，视野的延伸被阻隔了，目力的范围局限在五米左右，一股彻骨的清凉袭来，我抱着胳膊逃回了地下室。

当我穿上衣服再度走出地下室，并没有冒雨去图书馆，这种情况在我勤勤恳恳的工作生涯中是罕见的，我不但睡过了头，而且将错就错，干脆不去上班，让电梯把我送到十层。

左室的门漏出一条缝隙，这条缝隙使我紧张极了，我既希望它突然放大，又祈求它保持原状。我在走廊上贼一样魂不守舍，最后我鼓足了勇气，敲响了门。

“谁？”说话的正是杭姿。

“申屠黄黄。”我的发音控制得非常平静。

“进来吧，门没闩。”她说。

她坐在一只圆形矮凳上，在为猫梳妆打扮，猫松软地躺在一只藤编的长箩里，它真正的颜色是黄不溜秋的。杭姿用软笔细心地为它描上白色，已经涂完身体的绝大部分，只剩下四条腿和一条尾巴。杭姿专心地干着这件事，对惊讶的我说：“刚为它洗了把澡，现在为它穿上白色的衣裳。”

“怪不得它那么漂亮，原来有你这么好的化妆师。”

她笑了，依然苦涩的微笑，“你坐呀。”

我在一只老沙发上坐下来，看看窗外，“台风来了，雨太大了。”

“外面雨再大，屋里还是安宁的。”她好像在对猫说。

“你一个人住？”我问。

“不，我和安吉拉一起住。”她说。

“谁？”我问。

“它。”她指了指已经通体变白的猫。

“它是天使？”我笑了。

“它那么白，像天使一样纯洁。”她说。

“可这不是它天然的毛色呀。”我说。

“这有什么关系，”她说，“只要对我忠诚，就是我的天使。”

“你不和你父母一起住？”我问。

“他们在郊区的军事学校当教官，我就一个人住在这里，你呢？怎么会住在大楼地下室。”

我对她说自己比较爱自由，没有提及从家里搬出来的真实原因，毕竟这不是什么光彩的事，我小小的虚荣心在作怪，省略了哥哥历经磨难的恋爱故事，把话题转移了。

我说：“天现在是一年比一年热，台风倒成了摆脱酷热的恩惠。”

她说：“心静自然凉，最好的避暑胜地是心境。”

“还有你的歌，”我说，“听你的歌，有一种轻风拂面的感觉。”

“阴风拂面吧？”她放开猫，用面纸擦拭手上的颜料。不像是开玩笑的口气，脸上的表情让人难以琢磨。

“怎么这么说？”我问。

“他们都这么说的。”她的眼神在游移。

“他们是谁？”我问。

“很快你就会知道的。对了，平常你都干些

什么？”

“我是一名文字学爱好者，业余时间大部分都泡在上面了。”我说。

“文字学？”她显出一丝好奇。

“一种专门研究文字的学问，外人看来枯燥而乏味。”我说。

“你能说给我听听么？”她说。

“文字学是个很大的范畴，既包括我们熟悉的同义字、反义字之类，也包括一些陌生的领域，而我感兴趣的是对字本身的解剖。我正在写一本小册子，专门对字的雅俗贵贱进行归类。”我说。

“字的雅俗贵贱？”

“不错，字就像人一样，也有雅俗贵贱之分。像臭就是个俗字，香就是个雅字，皇是个贵字，贼就是贱字。”

“如果把我的名字拆开说呢？”她问。

“杭姿？杭可以指杭州，杭州是世人公认的名城，又做过首都，沾有帝王之气，可称贵字。姿一般是指女性美好的仪态，可称雅字。”

“你真会客套人，再说说你的。”她说。

“我的名字吗？申是说话的意思，而且是喋喋不休地说，三令五申地说，有点像碎嘴老太太，可称一个俗字。屠是宰杀的意思，与它组成的词大都与死有关，屠夫屠刀屠戮屠宰，刀光血影，当然是个贱字。黄本来是一种颜色，没有贬义，但黄色现在却用来指代淫秽，只能算作贱字了。所以我的名字一无是处。”

我用开玩笑的口气把自己的名字数落一番，把杭姿逗乐了。

“你这家伙，还真能瞎说。”她的笑容中出现了明快的色调。

我在杭姿那儿待了一个多小时，转眼到了吃午饭的时候，我起身告辞了。杭姿抱着白猫，举起它的一条前腿，摇了两下，白猫叫了一声，对它而言，大概就算说了声再见吧，我退了出来。

在电梯里，身材肥胖的女电梯员疑惑地打量我，又扁又红的眼睛像刷子一样使我浑身不自在，终于她开口说话了。

“你好像是从十楼左室出来的？”她的嗓音恍若一把坏了的口琴。

“怎么了？”我问。

“你是她的什么人？”

“她是谁？”我明知故问。

“那个脑子有毛病的女人。”她压低了声音说。

电梯在降落，我的心猛地一沉，努力使脸上的表情深藏不露。女电梯员继续说：“你不会是她的男朋友吧。”

我看着她诡秘的脸，胖得像浮肿，仿佛一朵大蘑菇种在同样粗壮的树桩状的脖子上。对这样的饶舌妇，我一向深恶痛绝，她油腻的声音从笨拙的身体里钻出来，成为纷纷扬扬的细菌。电梯转眼到了底楼，速度之快使我觉得是女电梯员的体重在起作用。她露出一口洁白整齐的牙齿（这么好的牙齿真不该长在她嘴巴里），既暧昧又严肃地说："你一定是被她的漂亮吸引住了，你如果不离开她，肯定会倒霉的。"

电梯门自动开了，我没有立刻离开，我说："你这个人怎么背后诋毁人家，她招惹你了么？"

"你怎么急了，肯定是喜欢上她了。"女电梯员笑了，眼睛成了一条缝。

"你说她脑子不正常，有什么根据？"我说。

"她深更半夜在楼顶上唱歌，阴阳怪气的，没病才怪。"她说。

"就这个？这碍你什么事了。"我走出电梯，我知道杭姿说的他们是谁了。

女电梯员跑到我跟前说："还有，她有只猫你知道么？"

“猫又怎么了？”我问。

“那只猫的白色是画上去的，根本不是什么名贵的波斯猫，是一只黄不溜秋的野猫。”

“这是人家喜欢，你说的这些我都知道。”

“你不觉得她脑子有病？”她看着我，像在看一个问号。

“我倒觉得你脑子有病，开你的电梯吧。”我走进了地下室，听到背后说：“碰到鬼了。”

话归这么说，我回到房间后，脑子里怎么也赶不跑女电梯员说的话。平心而论，杭姿的举止是有点反常，并不是因为有怪异的行为就说她脑子有病，谁没有奇怪的习惯呢。像女电梯员这种喜欢说东道西的嗜好对我来说也是荒谬的，她凭什么要去搬弄一些与自己不相干的是非呢。她就没有意识到自己的脑子出了问题么？我哑然失笑了。

午饭我平时都在单位吃，地下室什么都好，就是没有煤气。有个煤油灶，是用来煮水的。房间里一点吃的也没有，要填饱肚皮，我必须出去一次，外面风雨依旧，我撑着伞，蹚水而行，出去买了快餐面、熟食和一瓶啤酒。顺便在电话间向单位请了个假，我扯了个谎，说自己不注意着凉了。接电话的正是科长，他安慰我说，反正这么大的雨也没人上图书馆，你好好休息。我要挂的时候，他又补充了一句："申屠，别忘了喝点姜汤。"我用伪装虚弱的声音答应了。

整个下午在自酌自饮中度过，到了将近傍晚，倒在床上小躺了一会儿，是真正的一会儿，这个短暂的打盹纯粹是百无聊赖后的结果，我很快醒转了，洗了把脸使自己清醒，然后走到一楼看雨下得怎么样了。

到底，雨是小了，但仍顽强地下着。我在大楼门口站了片刻，心里有一股无名火，把手插在裤袋里，头仰起来骂了一句："该死的天。"

"是该死。"我的话音刚落，身后有人接了这么一句。我慌忙回头去望（其实不回头也已听出是谁），杭姿正走出电梯。

她变换了衣着的风格，她原来穿一些白色或接近白色的衣裙，脸上只有看不出来的浅妆（也可能没化妆）。此刻却成了珠光宝气的俏丽女郎，怀抱白猫（如果不是眼睛露出破绽，还真像是一只名贵的波斯猫呢）走来了。

“杭姿你好，”我打招呼的样子有点慌张，“打扮得这么漂亮，要出门？”

“对，出门。”她抚摸着白猫的脊梁。

“下这么大的雨，去哪儿呢？”我问。

“挣钱养活自己。”她不无自嘲地说。

“我能去看你怎样挣钱么？”我说。

“好呀，”她说，“你去换鞋吧。”

这一来，我反倒局促不安起来了，我没料到杭姿会把我的玩笑当真，我问：“真的让我一起去？”

“当然是真的，你快去换鞋吧。车待会儿就到了。”她说。

“那我就恭敬不如从命了。”我到地下室把拖鞋换成网球鞋，又匆匆跑出来。走到大门口时，果然有一辆白色轿车停在风雨里，杭姿已在后车座里了。

“进来吧。”她招呼着我。

我下了台阶，猫腰钻进轿车，问杭姿：“去哪儿呀？”

“一会儿你就知道了。”她说。

我侧脸去看她，浓妆艳抹把皮肤的本色掩盖了，我再一次不认识她了，我好不容易用哭哭哭的脸印证出杭姿的脸，仅仅隔了一夜，她又从一个朴素的姑娘变成了香气熏人的摩登女郎。在她身边，我不知道该怎么办好。我用正襟危坐的姿势来掩饰如坐针毡的内心。忽然，我的肚子一阵绞痛，背脊渗出了冷汗，坏了，我心里说。

“我们上哪儿呢？”我去看她。

“一个纸醉金迷的地方。”她说。

肚子的绞痛过去了一阵，但我得提防它再来。所以我不再言语了，把注意力集中了起来，在这之前，我说："随便哪里，我想见识一下。"我听见杭姿轻轻笑了。

现在，耳中只有轿车的急驶声和雨点砸在车身的橡皮般的水珠声，我做出修身养性的姿势，眼睛却始终睁开着，我发现轿车驶去的方向正是通往市立图书馆的路线。这个黄昏，台风使街上车辆骤减。所以，我们乘坐的轿车可以保持一如既往的疾驶。大约过了二十分钟，车速放缓了，朝目的地一望，是本城有名的草琴宾馆。事实上，再往下徒步走十分钟的话，就可以到达我上班的市立图书馆了。

轿车驶入港湾式的过道，在草琴宾馆门前停下来，一名戴白手套的侍者过来拉开了车门，杭姿首先下了车，我听见侍者说："波波小姐您好。"我皱了一下眉头，心想她怎么成波波小姐了。司机把轿车开过去了，驶离前对杭姿说："待会儿见。"杭姿说："待会儿见。"又回头对侍者说了声："你好。"便走进了自动敞开的玻璃门，我尾随她走进去。电梯把我们送到宾馆最顶层，我问杭姿："你在这么豪华的地方挣钱么？"

"为稻粱谋嘛。"她说。

她把我领到一个叫"细语梦回"的地方，把我交代给一名翠衣女郎，然后对我说："申屠，你先坐着，喝点饮料。"说完把我撂下，婀婀娜娜地走了出去。

翠衣小姐胸前有一张塑料卡片，职务栏写着歌厅领班字样，和我寒暄了几句，弄来一些闲食和一瓶饮料（也许是酒），然后忙别的去了。

眼下，四周人影攒动，衣冠楚楚和打扮入时的先生小姐在很淡的背景音乐中纷纷落座。我想，这就是报纸上说的夜生活了。歌厅的环境是奢华的，来客的一招一式都透出有钱人的气派。我的卑微心理渗透出来了，每天上下班，都经过草琴宾馆，但它对我而言，只是一个遥不可及的空洞，与我的生活全不相干。上班族的我从来没有在类似环境中浸泡过，所以我的不适应是不掺假的。然而，我总不能让别人看出自己是个乡下佬吧。我举起高脚杯，喝了一口，差一点把嘴巴里的怪味液体吐出来，还好我的脑袋制止了嘴巴，并且命令喉咙把那口东西咽下去，然后恳求双腮把微笑堆起来。我一副怡然自得的样子，若不是身上的衣着太过普通，几乎就能与所置身的环境一拍即合了。

在这种拘禁的放弛中，我挨过了一刻钟。这一刻钟里，肚子的绞痛没有来袭击我，我在近似于伤感的矜持中时而举起酒杯，时而剥开一颗硬壳果丢进嘴里，直到歌厅里瞬间乐声大起，一位体态修长的女歌手唱着一首不知所云的粤语歌走上台来。

一曲甫毕，台下有人开始点歌，方式是送花，一束花折合多少钞票，这是我在港式小说里看到的场景，眼下却是亲眼目睹。那位女歌手被点唱了三首歌后下场了，接着又上来几位红男绿女，他们把港台歌模仿得惟妙惟肖，学得愈像，则下面的喝彩愈多。对他们的忸怩作态，我是不喜欢的。我觉得同样是商品，港台原唱歌手比这些学舌者的表演生动得多，诚然他们也造作，但他们本身有一种殖民文化塑就的近乎纯粹的洋气。说到底，他们已经是套着中国皮的外国人了，所以对他们的表演，我一向是用甜蜜蜜的眼光来审视的。但我不能用同样的心态来接受国内歌手，他们说不来英语，甚至看不懂五线谱。从小吃咸菜萝卜干，啃个大面包也要反胃，凭什么这么奶油呢？奶油是卡卡喉咙扭扭屁股就学得来的么？一阵绞痛像拧紧的毛巾般顶住了我的肚皮。

我猜到杭姿在此将要扮演的角色了，果然我看见了她，她像一朵妖娆的花开放在台上，换上了缀满珠片的裙子，她的裙子过于合身了，把她的曲线一览无遗地展示出来，相比前面几位女歌手，她的装束显得更加不堪入目（也许是我太保守了）。她的双肩毫无遮掩，裙身短小得几乎丧失廉耻，她究竟是谁？在一片欢呼声中，我难受得快要昏厥过去，那个波波小姐把一首首俗不可耐的港台歌奉献出来，她扭动臀部，接过一束束花，充满挑逗的表演简直令人作呕，我的胸膛里有一个逐渐扩张的大海，挤压着我的脑袋和肚皮，我的头昏沉沉的（回家路上才知道喝进肚里的怪味液体是一种价格昂贵的洋酒），绞痛把我的肠子都快弄断了。

我站了起来，找到一个叫洗手间的房间（其实不就是厕所么）。真是一个豪华的所在，连这种地方也有侍者守候，这个我懂（当然也是从报纸上知道的），不就是小费服务么。我走到一个抽水马桶前，没有按照常规，坐在木制垫圈上，而是双脚踩在马桶的边沿蹲了下来。这个姿势基于两种考虑：一来是嫌垫圈恶心（这是心理作用），二来想看看自己的排泄物（多么矛盾的举动）。我看到了未及消化的熟食，这也许就是引起剧烈肚痛的根源，如果事先知道它们是不洁的，我还会吞下它们么？不管怎么样，它们现在离开我了，这些脏东西永远不会与我的身体发生联系了。想到这里，我不由多看它们一眼，它们丑陋的模样真是不讨人喜欢，我又想，它们毕竟是一些脏东西，没什么可留恋的，转而又想，是不是所有的脏东西都会离开人的身体呢。我的眼光模糊起来了，我用手抹眼角，一片潮湿在我的手指上停留，我开始做起身前的最后一道程序，然后把用完的手纸丢进马桶。突然，我产生了一个灵感，我从裤袋里摸出一张百元大钞，像旗帜那样插在那堆排泄物上。然后我去洗了手，用香皂把手指洗得芬芳四溢，我走出了洗手间，对站在门口的侍者说："麻烦你把马桶抽了。"联想侍者在那张百元大钞前的反应，心里不由哈哈大笑。

在走廊上，我寻找着下楼的电梯，但没有找到，迷宫般的通道使我不明方位，我只好站定。正在这时，我听到了猫叫，安吉拉不知何时站在了我面前，看着我，转身，好像要领我去一个地方，我跟在它身后，居然走到了寻觅已久的电梯前，在那儿，站着杭姿。

她已换上了出门时的那套衣服，脸上的脂粉也擦拭一净，恢复了她平时的仪表，她对我说："走吧。"然后把白猫抱了起来。

我和她走进电梯，彼此没有一句话。

走出草琴宾馆时，玻璃门再次自动打开，侍者说："波波小姐，再见。"

"再见。"她说。

那辆白色轿车已等候在此，见我们出来，它从停车坪那儿开了过来。外面的雨停了，天气中有一种坚硬的气流在聚合，使人感到冷意。杭姿钻进了轿车，我站着，站了大约有半分钟，然后钻进了轿车。

司机照例把车开得飞快，好像比来时的速度还要快。车厢内全无声息，估摸离开清辉大楼还有十分钟车程的时候，杭姿打破了沉默，她对司机说：“停下。”

车停了下来，杭姿对我说：“我们走回去吧。”

杭姿让司机把车开走了，我们走在寒气弥漫的大街上，杭姿说：“你怎么不说话？”

我说：“我不知说什么好。”

杭姿说：“不喜欢我今天唱的歌？”我说：“你说呢。”

她把白猫放了下来，有点伤心地说：“其实我不该带你到这种地方来。”

“你的反差太大了，我不知道究竟哪一个是你。”

“我懂你的意思。”她笑得很勉强。

“今天一晚可以挣很多钱吧？”我问。

“每首歌一百元，我一共唱了七首，七百元。”她说。

“差不多是我一个月的收入。”我说。

“你很失望？”她问。

“不是失望你挣的钱，而是——”我打住了。

“我很下贱是么？”她问。

我的头低了下去，她继续说：“可是要想在下贱的地方立足，你只能更下贱。知道刚才你喝的法国葡萄酒多少钱一盎司么？我唱十首歌都不够，可你一口气喝了四盎司，你若是付不出账，在别人眼中同样也是下贱的。”

“那么难喝的东西居然这么贵？”我大吃一惊，“我真不该喝它，我一定要把钱还给你。”

“用你半年工资喝几口比药水还难喝的洋酒？”她说。

“可我还是要还你的，我不否认钱对谁都很重要，但我不会昧着良心挣钱。”我说。

“我要养活自己和安吉拉。”她说。

“可你并不是一个贪图享乐的人。”我说。

“我是的，”她说，“我为什么要活得比别人差呢。”

“因为有些人生来就是追求一种世俗以外的东西。”

“可我已经不相信有那种东西了。”她说。

“这说明你曾经相信过，而且你现在依然相信。”

“你用什么来证明这一点？”

“你在平台上的歌唱。”

她注视着我，我从她的眼睛中看到的是一片杳然无际的空虚，我像是明白过来了，我大声说：“我知道你为什么要在半夜唱歌了。”

我盯着她的眼睛说：“你是为了洗刷在歌厅演唱时的羞耻感，你要用一种属于你的歌唱抵消那种肮脏的表演，以换回心灵的安宁。你必须这样做，否则你会辗转难眠，你尚未得到安慰的心灵会让你失眠。”

毫无疑问，这番话切中了杭姿的要害。我从她的眼睛里看到了一种被揭开面纱后的惶恐，她再也说不出一句话来，缓缓往前走，她双手护着手臂在冷意中瑟瑟发抖。我把身上的单衣脱下来，盖在她肩上，她没有拒绝，用它把自己裹紧了。终于，我们走到了清辉大楼，白猫已经在电梯里了。告别的时候，她把单衣还给我，我问：“今夜还唱歌么？”她摇摇头，她说：“我不会再唱那些歌了。”我问：“为什么？”她说：“不唱了。”我问：“你生气了？”她摇摇头，她的苦涩笑容在脸上均匀地涂过，她说：“没有。”我说：“我喜欢听你唱那些歌。”她说：“我们还是说说话吧，明天下班后你和我一起回家好么？”我说：“我坐不惯那么好的轿车。”她说：“那我坐你的自行车好了。”见我在发愣，上楼前她又加了一句：“那就说定了。”

这次以后，我真的没有再看见杭姿拿起过那把吉他。她仍然去草琴宾馆唱歌，我也像平时一样上晚班，下班后去接她，让她坐在书包架上，骑一段，走一段，再骑一段。转眼暑假过去了，图书馆恢复了常日班，杭姿也去宾馆要求换了下午场，这样，她的收入要打很大折扣。但我们可以一起回来了。总的来说，世间的恋爱程序大体是相同的，不同的则是方式。不，方式也没有什么不同，真正不同的是结局，可我们都无法预见它，它就像老虎的眼睛，等到猝然睁开，你已难以回头，所以最实用的办法是永远不要让老虎睁开眼睛，只有真正做到了这一点，才能保持爱情的完美。

我把这些论调说给杭姿听，她笑了，一边笑一边说："你把爱情当成文字学了，你以为我不懂你搞的花样么？不就是把贬义褒义的字进行分类，把简单的意思搞得貌似复杂，就算是学问了。既然字有雅俗贵贱，爱情也会有的，你能举例说明么？"

其实，我方才说的话是有由头的，我举例讲述了几个不同的爱情。其一，法国作家萨特和波伏娃终身相恋，但不为婚姻所困，保持浪漫的交往，可称雅爱情。其二，唐明皇与杨贵妃的爱情，为了江山，赐死心爱的女人，是俗爱情。其三，温莎公爵放弃王位与一位离异两次的美国妇人结合，可称贵爱情。当要列举贱爱情时，我皱了一下眉头，我想起今天上午的事，我真是说不出口，为了证明自己的雄辩，我还是想出了一个例子：杜十娘怒沉百宝箱，负心汉李甲把貌若天仙的情人出卖了，不是爱情的卑贱版么？我说完，表情却十分迷茫，我听见杭姿的冷笑："看你急的，把虚构的人物也拿来充数。"但我没有理会她的讽刺，我已经走进上午的那个情景中了。

我从家里搬出来后，回去的次数并不多，一来因为大哥请了一个施工队装潢婚房，我的动手能力几乎等于零，既然帮不上什么忙，就要少去添乱；二来因为遇到了杭姿，回家的想法便又少了几分。

现在，简单地把我的家庭介绍一下。我的父母共有两男一女，除了大哥，我还有一个姐姐，爸爸妈妈和嫁不出去的姐姐住在市郊结合处的一间老屋里。我的姐姐是个高位瘫痪病人，自从我懂事起，我就没有看见她站起来过，她的不幸使大哥在高考志愿栏内填上了医学院，大哥后来成了医生，分配在洛文医院骨科，在那里，他邂逅了辛紫，辛紫比他小五岁，是新来皮肤科报到的年轻护士。他们是自由恋爱，爱得持久而旺盛，如果不是房子的关系，大哥至少已当成两回爸爸了（当然还须排除计划生育的因素）。照理，他们都是从医的，应该比别人更懂得如何避免这种麻烦，可他们的爱太炽烈了，所以有了理论知识也忘了用。这从另一角度看，几乎可以算作一个小奇迹，在这个世界上，能足足相恋六年而不觉厌倦的情侣毕竟是凤毛麟角；更为不易的是，他们从不争吵，也很少红脸。大哥与辛紫相恋六年，可谓马拉松式的爱情，而我听到她说的牢骚话就是大哥三十二岁生日上的那么几句，而就是这几句话，她也是以一种心平气和的声调说的，而且我可以听出来，她说话时有点心虚，说实在话我决定从家里搬出来，很大程度就是被这种令人心碎的心虚震撼了。我觉得她太可怜了，这么本分的嫂子到哪儿去找呀，说什么我也要让大哥把她娶回来。于是，我才决心搬离，住到地下室来。

于是，被我奉为恋爱楷模的大哥和辛紫，终于在经历了那么长的等待之后可以缔结良缘了。昨天，大哥给我挂了个电话，让我礼拜天（也就是今天）回家一次，看看已经装修好的婚房，吃辛紫为我们哥俩准备的下酒菜。今天一早我就满怀热情回去了，可当我走进房间，迎接我的却是一幕吵架后留下的混乱场景。

大哥坐在沙发上，失神地抽着香烟。辛紫不在，家里的布置豪华而凌乱，一目了然的是，这种凌乱不是懒惰造成的，但我无论如何没有料到这是大哥和辛紫吵架后的结果，我以为家里被贼洗劫，却又不像，因为房间的绝大部分地方是纹丝不乱的，问题在床铺及其两侧，而因为居室很小，床铺就在空间上占了很大分量，它乱了，整个房间的环境就全乱了。

大哥看我推门进来，好像吃了一惊，他没有料到我这么早就来了，因为按照平常，礼拜天我会睡个懒觉，所以等他手忙脚乱地去收拾散落一地的扑克牌时，已经来不及了。

当大哥捡地上的扑克牌时，我理所当然地去帮忙了。可当我俯身下蹲的一刹那，却被眼中一幅幅不堪入目的画面惊呆了。这是一套裸女纵横的下流扑克，我捡起其中的一张，是一个金发女人，浑身一丝不挂，姿势挑逗之极，牌的纸张相当高级，印刷得如同照片一样清晰，更使它的色情程度增加了。这样的扑克牌出现在婚房里，谁都能猜出几分它的妙用，就像我听单位同事讲下流笑话时说，有的新娘把黄色录像带藏在嫁妆里，作为洞房之夜的教科书。不过，大哥和辛紫总不会也需要这样的教科书吧，大哥常常搂着辛紫的腰说："我们已经是老夫老妻了，你们看，待在一起的时间长了，她都有点像我了。"能够开这种玩笑的情人，怎会要教科书呢？

可是，地上的扑克牌是实实在在的，照理，这是我不该过问的事，可如果我真的一句话也不说，也是很虚伪的，毕竟，这些牌已不是隐私，它们不合时宜地暴露在外人的眼中了（对夫妻生活而言，任何人都是外人，也包括我这个弟弟），而一旦看见，就很难视而不见。

"怎么了，这些都是从哪儿来的，大哥？"我说，"辛紫呢？"

"她走了。"大哥说。

"怎么搞的，你们吵架了？"我问。

大哥默认了。

"为什么？"我叫了起来。

"别问了，是我不对。"大哥把已拾起的牌重新丢到地上，坐到沙发上去了。

“到底怎么了？”我问。

“昨天她住这儿了，”大哥说，“因为装修正式完工了，我们都很高兴，我让她别走了，就这样——”

“你们结婚证都开了三年多了，不能算犯规呀。”我说。

“当然，我说的不是这个。”

“哪个？”

“就是这些牌，被她发现了。”

“你要这些牌干什么，你都有辛紫这么漂亮的老婆了。”

接下来，有一大块时间的沉默。沉默过后，大哥说出了真相，这个真相，使大哥的爱情在我心中变得十分卑贱。说时迟，那时快，一个被我奉为楷模的爱情倒塌成支离破碎的废墟了。

“我昏头了，居然一边干那事，一边看扑克牌。”大哥说。

他的真实举动是，事先在枕头下藏好牌，早晨在做爱的时候取出来偷看，他真正的目的是要把一个辛紫变成五十四个性目标（一副牌的张数）。他的下流想法被辛紫发现了，因为轻微的翻牌声使辛紫睁开了眼睛，接下去，便发生了可以预料的事，一场战争爆发了，万分伤心的辛紫骂着："下流坯下流坯下流坯下流坯……"把扑克牌天女散花般扔得满床满地都是，然后穿上衣服哭着冲出了房间。这个真相对拥有童贞的我来说（我的第一次性生活在十天后才发生），完全是晴天霹雳，我觉得大哥实在是太不像话了，他的举动肮脏得几乎使我不愿再叫他大哥，他这样一个受过高等教育的仪表不俗的医生，竟然做出这种下贱的事情，真是应该抽嘴巴。他为什么要这样做，是因为已经厌倦了辛紫么？可他们连婚礼的仪式还没办呢。在世俗的眼中，他们还没有成亲呢（成亲是民间的仪式，结婚是官方的证件）。没有成亲就已经厌倦了，就要用想象来过夫妻生活了，真是应该抽嘴巴。可是，他终究是我的大哥，我又怎么能真的去抽他的嘴巴呢。我开始担心一件事，辛紫会不会与大哥分手。在我看来，大哥的灵魂已经背叛了爱情，辛紫如果再与他结婚（不，成亲）又有什么意思呢。

然而我的担心是多余的，临近中午的时刻，辛紫回来了，开始烧菜煮饭，我和大哥在房间里看电视。辛紫问我几时来的，我说前后脚刚到。她脸上已没有哭过的痕迹，我也装得一概不知，大家用喜气洋洋的面孔吃完了这顿饭。需要提一笔的是，在此之前，大哥已把那套印刷精美的扑克牌细细撕碎，扔进抽水马桶冲掉了。

对这件事，我没有向包括杭姿在内的任何人提起过，但心里是非常难受的，因为大哥的人格光环在我眼中消失了（当然我们仍是好兄弟，这是另一回事），而且使我对婚姻的理解有了相当大的改变。可以说，这一事件使我对爱情的美感有了地震般的破坏力，也使我对婚姻的真谛产生怀疑。我不可能预知到，两个月后，类似大哥的举动在我身上重演了，也就是说，我的本质要比大哥更为下贱（这一点可以用恋爱的时间来做标尺）。而且，我并不为这种下贱感到可耻。大哥和辛紫是十月一日成亲的，这个日子离他们的那次吵架刚巧十天。婚礼很隆重，一切都是传统的，虽然因为杭姿的关系，我没有做大哥的傧相，但至少，我把我所在的一桌人照应得妥妥帖帖的。杭姿是第一次看到大哥和辛紫，看得出她对我兄嫂很欣赏，这并不是由于散场之后她说了你大哥和嫂子“真是天生一对”这样的话，而是在宴席期间，她的眼光始终在关注新郎新娘，羡慕之情溢于言表，我去握她的手指，她才回过神来。

当这个充满民间仪式感的婚礼在醉仙楼告一段落时，我和杭姿与首批告辞的客人一起向新郎新娘道别了。我没有去闹新房，是考虑到婚房很小，去的人又很多。当然，除此之外，我想和杭姿单独在一起也是一个原因，我没有把这个原因告诉杭姿。

那天晚上的闹新房，从十点钟左右开始一直持续到凌晨一时。这是事后大哥告诉我的。显然，他对来势凶猛的各种节目心有余悸，他拍了一下我的肩膀说：“我真不该让你走。”我说：“我在的话也帮不了你。”大哥说：“你有了女朋友就顾不上大哥了。”我说：“新婚三天无大小，闹一闹是应该的。”大哥说：“那个姑娘挺漂亮的，你很爱她吧。”我说：“是的。”大哥说：“我看出来了，找个好姑娘不容易，要好好珍惜。”

我和杭姿的关系在国庆节的夜晚有了实质性的内容，我和杭姿第一次做爱。

白猫在木凳上看着这个过程，它似乎对床上此起彼伏的男女十分入迷，一声不哼地瞪着黄绿色的瞳仁，这个怪异的场景其实持续的时间非常之短，我一边吻着杭姿脸上的泪痕，一边凭着感觉横冲直撞，突然，背上像中了一支冷箭，惨叫一声，全部的肌肉在瞬间僵硬，翻身摔了下来。

时至今日，我依然觉得我的男孩生涯结束得太不像话了，就那么几下，从前的生命就被颠覆了。我像一条鱼摊开在床上，翻身而下的姿势惊吓了白猫，它叫了一声，跳离。我流泪了，绝望得快要昏厥过去。当杭姿轻轻呼唤我的时候，我没有说话。后来我看见她坐了起来，从精致的坤包里拿出一叠面纸背对着我，一张一张朝地上扔面纸。我恶心得快呕吐了，我的第一次性生活就这样很不体面地结束了。在我与杭姿偷吃禁果的同时，大哥和嫂子被闹新房的人们包围着，完成了一个个无聊的节目，而当新房内终于安静下来，他们已精疲力竭，无法完成那个最重要的节目了。

而这时，我（新郎的弟弟）却完成了人生的一个飞跃，虽然这个飞跃并不值得吹嘘，仍具有一种象征的意味，这是我后来想到的事情。

我的第一次性生活是在清辉大楼地下室完成的。这件事的发生使我和杭姿的关系变得透明无比，我们从恋人变成了庸常的准夫妻。当天夜里，我随杭姿住到十楼左室那套很气派的大房子里去了。

这套大房子，比起我住的地下室，简直太完美了，有空调、电话和一年四季都能洗澡的热水器。所以，我先洗了澡，然后杭姿也去洗。我回到床上休息的时候看了一下墙上的木钟，它的时针已指向一点了，果然，几秒钟后，一只鸟从小门里跳出来报时了。而这时，相隔两条横行道的大哥的新房里刚刚结束吵闹，客人们开始离开，民间的成亲仪式终于拉上了帷幕。

住在这么气派的房间里，舒适是不必说的。但是除了舒适，焦虑仍控制着我的部分情绪，因为从没住过这么好的房子，我有点不习惯，所以产生了焦虑的情绪。这种解释纯属自我安慰，我知道焦虑的真正起因，但我既不愿说，也不愿想。

浴室里传来水花的飞溅声，我打开床头的小收音机，因为太晚了，大部分频道都结束了节目，找了一会儿，找到一个通宵直播的谈话类节目，这个节目我过去听过，里面一个姓时的编辑还是我大学的校友，这个节目叫“你好说吧”，收听率据说一直很高。当然，我现在也在听着，电台里的男主持人和一名打进电话的姑娘正在交谈。说话的主角是那个姑娘，她在说一个自己的失恋故事，而男主持人的任务是给予同情和劝导，并在倾诉者低声抽泣的时候好言相慰。这个节目的风格大体是不变的，每天都会有一些伤心人来讲述一段伤心往事，让收音机旁的听众跟着伤心一回，我不大喜欢这个节目。

住进十楼左室后，我没有再回地下室住，开始了和杭姿的同居生活。在这种安逸的日子里，我重新写起了文字学小品，除此之外，我们几乎每天都要完成一件事：做爱。与杭姿压抑的外表格格不入的是，她的情欲很炽烈，她的身体既丰腴又削瘦，每当在我身边躺下，我都会情不自禁去抚摸她光滑的大腿，她的皮肤有一种丝绸般的质感。我的手一旦触及它，就会有种被吸附的感觉，这种感觉使我如痴如醉，同时，作为做爱的前奏，我又感到畏缩，性就像一个玻璃瓶的缺口，激情会使它扩张，直到瓶子彻底破裂。杭姿的欲望就是来历不明的激情，使我感到害怕，每次性生活结束，我都暗暗起誓，再也不去碰她的大腿了，哪怕它是真的丝绸。可当杭姿在我身边躺下来，我又管不住多动症的手了，她丰腴的大腿实在太迷人了，我就又去抚摸了它一下。这种又爱又怕的心理和没有节制的性生活一样成为一个循环，我在这种欢乐而放荡的循环间隙，完成了文字学的一本小册子，我为它取了一个古典的书名:《字义钩沉》。现在，我为自己画一幅自画像。我是一个天生的娃娃脸，这使我看上去憨厚老实，上大学时，我读的是图书馆专业。我酷爱读书，很早就成了戴眼镜的近视眼。后来，我被分配在图书馆工作，享受干部编制，干的活却是资料查询。当然，在基层锻炼并不是坏事，所以我的工作态度还是比较认真的，经常得到领导和读者的称赞。我虽然有一张面饼一样的娃娃脸，脖子很细，身材不高，当然也不算矮，一百七十三厘米，体重却只有五十三公斤，属于豆芽型，我的裸体不好看，没有男性的阳刚之美，脸上白白净净，身上却有很多体毛，这使我光着身子的时候成了一个非人非猿的东西。无愧我男人称号的是，我可以与性欲旺盛的杭姿天天做爱。

《字义钩沉》的写作用完了我收集多年的资料，这项工程的前期准备早在大学时就开始了，我历时三年做了大约五十万字的笔记，最后得到不足十五万字的完成稿，这使我感到有点畏途了。

住进十楼左室后，清辉大楼的人开始用异样的眼光打量我，在我的背脊上指指点点。相比我和杭姿的爱情，这些不友好所带来的负面作用是微不足道的。我和杭姿形影相随地出入电梯，谈笑风生，旁若无人，一副久经沙场的厚皮相，使脊背上的目光像手电筒般纷纷熄灭。

那段日子，我和杭姿忘乎所以地堕入爱河，欲望的熊熊大火把这条河映照得绚烂无比。在那间大房子里，我们玩命一样地做爱，不知道精力是从哪儿来的。有一天，在做爱之前，杭姿问我："你知道人是什么东西么？"我问："人是什么东西？"杭姿说："人是水，人的身上百分之七十五都是水。"

也就是说，当我和杭姿合二为一的时刻，我们的身体中有百分之一百五十是水，那么我们的生命到哪儿去了。难道除了水之外，我们就什么也不是了么？更为奇怪的现象是，当我一个人时，我的生命中除了百分之七十五的水之外，还有百分之二十五的其他物质，而一旦与杭姿结合，两个人的身体相加，我们的生命却不翼而飞了。这道算题只有一种做法，即百分之一百五十，而不是二百分之一百五十。因为我们已经合二为一了。而合二为一的结果，生命却成了负数，这只能说明做爱是毫无意义的，是得不偿失的。这个结论弄得我灰心丧气，我想我热衷的竟然是一件毫无意义的事，我已经是行将消失的人了，但是阳具这时候已经竖得笔直了，看着它挺有能耐的样子，我心里骂了一句，真鸡巴烦。

作为第一个带给我性经验的女人，杭姿使我在这方面的欲望达到了顶峰。整整两个月，我一天不落地和她做爱，这个时间的长度我后来再没有超出过。杭姿的故事结束后，我成了一个到处发泄性欲的流氓，用我的一技之长：吉他弹唱。在三流歌舞厅串场子，和那些像我一样不要脸的女人鬼混。我从来没有和一个女人保持超过三天的性关系。每当我在监狱里回忆起我的爱情，就会被同杭姿同床共寝的那两个月感动得痛哭失声，我一边哭，一边骂自己是个下流坯，下流坯。

杭姿是我第一个情人，也是最漂亮的情人。后来我有过很多情人，与杭姿相比，都不值一提，这是我的肺腑之言。但对性爱而言，再漂亮的容貌也是有极限的。它不是一种加法，而是一种补充，过去我对这样一种现象不可理解：一个男人离开美貌的情人或妻子，去和相貌平平的女人幽会。可后来我自己也这样做了，我后来的情人没有一个比杭姿漂亮，我依然不嫌弃她们，与她们做爱，没有一种失落感，没有觉得自己退步了，并且为自己能频繁调换性伙伴而自命不凡，这时我已成了一个彻头彻尾的流氓。

在狱中，我常常会想起大哥和辛紫的那次吵架，想起我为大哥的行径感到可耻，把大哥的爱情归入卑贱的范畴，那时的我把爱情与性完全混为一谈，是因为对人性一无所知。杭姿在我的生命中，具有双重意义：第一，她建立了一个女人和性的神话，第二，她推翻了这个神话，使我明白了一个道理，一切性的吸引都是以神秘为基础的，男人本质上个个都是流氓。

我住进杭姿那套大房子后，开始过一种与年轻夫妇无异的生活。同居后不久，我们订了婚，这个订婚仪式没有任何外人参加。情况大致是这样的，由于我欠了杭姿一笔钱，也就是上回在草琴宾馆的酒费，我一直惦记着把这笔钱还给杭姿，但她不愿接受，这使我有些犯难，心想总得变个法子把钱还她，我可不能花女人的钱，哪怕是女朋友的钱也不行。后来有一天，我和杭姿谈起婚姻大事。我说我眼下还没有能力娶你，我们先订婚吧。杭姿没有反对，她大概想看看我要耍什么花样，女人在这方面总是充满好奇心，于是我得到了偿还那笔酒钱的机会，我拿出了我全部五千元的积蓄，先上金店花两千七百元买了条项链，然后和杭姿一起，逛了时装广场，作为订婚礼物，杭姿接受了我为她选择的一套名牌晚裙，这套时价两千元的晚裙为藕色基调，杭姿穿起来，既高贵又妩媚，使我不敢相信如此光彩照人的女郎竟是我的女朋友。看着她在试衣镜中欢喜地旋转，我拿出了那只装着项链的锦盒（这才是我的礼物），对她说："来看看我送给你的礼物。"她看见我拎起项链，像拎起水中一根阳光的虚线。看着她又惊又喜的模样，我的心里既幸福又失落，幸福的是我今天订婚了，失落的是我彻底成了穷光蛋。我让杭姿坐在沙发上，像电影里那样做作一回，"我为你戴上。"我把项链戴在杭姿洁白的脖子上，很落俗套地吻了一下她的头发，"我们永不分离。"我把这句话说出来，订婚就算完成了。

订婚对我和杭姿而言，完全是一个私人事件，它使我和杭姿彼此确立了对方的位置，也使我有了心安理得在大房子里住下去的身份。我爱杭姿，这是不必说的，我的爱遍及她的全部。但我的爱开始无聊了，这也是事实，杭姿是个美人，手指却丑陋无比，常年弹奏吉他在她的指尖留下一层鱼鳞般发亮的老茧，当然，她后来不再弹吉他了，迟早，她的手指会变得好看的。可是，对一个热恋中的男人来说，开始去发现情人身上的缺点又意味着什么呢。

在大房子里，我和杭姿度过了如胶似漆的两个月，杭姿妙不可言的身体使我的欲望始终不泯，这个房子里从来没有人来过，使我们可以和白猫一样，一丝不挂地在房间里走动，我为这种放肆的行径找了一个成语，对杭姿说："我们这叫坦诚相待。"

有一件事杭姿每次都回避我，就是洗澡。她光着身子走进浴室时，顺手把门关上了，把门销也插上了。对此，我并不在意，因为这时我在推进《字义钩沉》。当然后来我还是注意到了这一现象，我发现杭姿在浴室里待的时间特别长，沐浴完毕后身上有一股浓郁的干草香味，我被这股神秘的香气所吸引，决定去看看她究竟在浴室里干了些什么，她身上的香味来源何处。她洗澡的秘密像水藻一样在我心中越缠越厚，差不多要把我的心给活埋了。后来我发现有一个地方可以观察到杭姿的洗澡，那就是清辉大楼的平台和十楼左室的交会处有一扇很小的天窗。

这扇天窗可能已有半个世纪无人擦拭，所以乍看上去更像一片黑瓦，我事先用小刀在它表面刮出一块二分硬币大小的透明之处，然后在杭姿洗澡的时候去当一名窥视者。沐浴中的杭姿体态生动，泡在浴缸里舒展开来，肥皂沫很快把她全身淹没，大约半个小时，她站起来冲淋，然后擦干头发和皮肤，跨出浴缸，在一只塑料凳上坐下来，架起一条腿，像树丫一样张开脚趾。她从水斗边的矮柜里取出一只盒子，打开盒子，拿出一条软皮一样的东西，夹在脚趾间来回磨擦，左腿甫毕，又架起右腿，重复那些动作，接着，又站进浴缸里去洗脚，同时把那条软皮用肥皂洗了几遍，她再跨出浴缸，坐在塑料凳上，把软皮放进盒内，又取出一支牙膏形状的软管，把淡黄色的膏药一点点挤入脚趾间的缝隙。再把软管放回盒子，再把盒子藏进矮柜，最后像抹雪花膏一样抹起了脚，把膏药抹匀，站起来到水斗边去洗手。浴事至此方才告一段落。

这个过程使我瞠目结舌，把我的胃翻了个遍。我没料到，我所迷恋的干草香味竟来自治疗脚癣的膏药，这个发现，让我很不舒服。如果说，杭姿手指上的老茧带给我的只是一丝怜惜，那么，她脚趾间的真菌带给我的则完全是一个美丽神话的破灭，我以我的理智抗拒对那股干草香味的厌恶，但我失败了，我对杭姿的欲望像潮汐般退下去了，或者说，被那股干草香味卷走了。

就在当夜，我得到了一种维持性爱的诀窍，这意外的收获将使我对女人永不厌倦，成了我最终变成流氓犯的根源。维持性爱的诀窍来自一个电视画面，它带给我突如其来的灵感，将我从那股恶心的干草香味中解放出来。我从电视里看到的是一群在沙滩上追逐嬉戏的少女，类似画面在荧屏上司空见惯，但恰在这时，我对她们关注起来，我看着那些飘飞的长发和若隐若现的肌肤，感到一种无以名状的紧张，我选择了其中最漂亮的一个姑娘，在杭姿身上强奸了她。欲望过去后，我想起了大哥的扑克牌，我知道，我的爱情已经堕落了，我是一个下贱东西，我连杭姿这样漂亮的姑娘也会感到厌倦，说明我对女人的欲望绝不局限于容貌。在后来的日子里，我在杭姿身上强奸过很多女人，有的来源于荧屏，有的来源于挂历，有的来源于记忆中走在大街上的某个女郎。我必须要用幻想来过性生活了，我并不为这种背叛爱情的行为而感到可耻，我的本质是下贱的。杭姿的故事结束后，我把性幻想变成层出不穷的性现实，直到被关进监狱，直到今天。

我的《字义钩沉》脱稿后，交给了市立图书馆的附属出版社。因为我知道博物馆刚刚得到一家大公司的资助，成立了“中青年学术交流出版基金”，正准备推出一套丛书，我所撰述的是冷门学科，入围的可能还是比较大的。当然究竟能否出版不是我的一厢情愿。我还是把这件事朝好的地方多想了一点。这可能与我当时的情场得意有关。的确，情场是磁场，正极是热恋，负极是失恋。而我处于正负极之间，既不如热恋那样欣喜若狂，也不像失恋那样丧魂失魄，心态甜蜜，与苹果仿佛。

我和杭姿共同生活的日子是很风平浪静的。我们一起下班，在农贸市场买菜，回家后一起忙吃的。我和杭姿都喝点酒，也会烧一手美味的菜肴，可我们不喜欢收拾残局，于是就用小小的赌博来解决，譬如请猜出盘里吃剩的腰果是单数还是双数，或者请立刻说出“黄鱼”和“毛豆”哪个笔画更多。抢答的结果，前面一类题目杭姿猜对较多，后面一类题目我猜对较多。也就是说女人对抽象的数字较为敏感，男人对具体的文字较为敏感。扩大而言，女人喜欢抽象，男人喜欢具体。正如我喜欢杭姿是具体的女人，杭姿喜欢白猫却是抽象的宠物。我之所以这样说是基于如下论点：女人对男人是最后的女人，因为在女人背后仍然是女人，而宠物对女人却不是最后的宠物，因为在宠物背后并不是宠物。宠物仅仅是一个象征，它必定是建立在一种具体的事物之上，关于这一点，白猫后来做了证实。

也就是说，在白猫失踪之前，我已猜到它背后潜伏了一个故事了。

白猫是在秋天的一个下午失踪的。那天下班后我照例去草琴宾馆接杭姿，杭姿外出总要带上白猫，把它抱在怀里，她从玻璃门里走出来时，白猫正在她臂弯里闭目养神。说实在话，我不喜欢这只猫，因为我知道它本来有多难看，它的漂亮是杭姿为它伪装的。每天早上，杭姿都要为它洗澡，然后为它补上白色的颜料，杭姿叫它安吉拉，真是对天使的亵渎，不过既然杭姿喜欢它，我有时也只好爱它一爱，摸摸它的脊背，梳理梳理它的毛，心里却在想哪一天把它弄死算了。然而由于它整天不离杭姿左右，阴谋始终没有得逞。

杭姿从玻璃门里走出来，脸上挂着苦涩的微笑，她表情中的幽怨令我着迷。这是我一辈子都无法忘怀的笑容，在这个普普通通的秋日，我不知道，一团阴云正向我们逼近，我快要永远看不到杭姿和她的苦涩微笑了。

白猫是在农贸市场失踪的，当我和杭姿在挑选一条蛇时（杭姿非常爱吃蛇羹），白猫从下蹲的女主人怀中脱离了。当我付了蛇款，提着已被剥皮宰杀却还在扭动的蛇肉准备离开时，听到杭姿失声叫道："我的安吉拉！"

我们在农贸市场及附近找了三个多小时，没有找到走失的白猫，杭姿为此难过得晚饭也没吃，为她煲的蛇羹也吊不起她的胃口。她哭了，第二天向歌厅请了假，也硬让我请假，陪她去农贸市场那儿漫无目的地寻觅，嘴巴里叫着："安吉拉安吉拉……"

那副神经兮兮的样子，搞得我心里十分反感，不就是一只猫么？脸上却布满了惋惜和同情，装得和白猫是相濡以沫的密友似的。

寻觅的结果，是一无所获，杭姿哭了又哭，料不到当天夜里，白猫居然被人送了回来。

估摸是晚上七点半光景，我在浴室洗澡，有人把白猫送了回来，杭姿接待了那人。我浴毕走出来时，刚巧看到那人离开，那是个长发披肩的年轻人，身材非常高大，看见我，他好像愣了一下，然后走了出去。

那只猫恢复了它本来丑陋的样子，一条腿断了，身上都是脏草和灰，喵呜喵呜叫着，在杭姿身边发抖。此刻的杭姿，神情呆滞，坐在椅子上，眼睛中空空荡荡，一副灵魂出窍的姿态。

推了她一下，她才回过神来，问怎么回事。她站了起来，走进里屋，回头对我说："你知道刚才那人是谁？"

我摇了摇头。

“还记不记得白屋小学的张军？”

“大兵？”我很吃惊。

“是他，是他把安吉拉送回来的。”

“他的变化太大了，头发那么长，一点也认不出来，他怎么知道安吉拉的主人是你呢？”

“我也在想这个问题，他怎么会认出安吉拉呢。”杭姿突然哭了，她这一哭，一种隐约的不祥像雨丝一样弥漫了我的全身。

第二天，杭姿出走了，当我下班回到大房子里，那只猫四脚朝天仰在水盆里，已经死了。

当天夜里，杭姿没有回来，这只是一个开端，一连四天，她都不见踪影，每天晚上她会打一个电话来，都是短短一句话。

“申屠，今天我不回来了，你自己先睡吧。”这是第一天。

"申屠，今天我又不能回来了，你先睡吧。"这是第二天。

"申屠，对不起，今天我不回来了，你先睡吧。"这是第三天。

"申屠，你睡着了吗？把你吵醒了，对不起，你继续睡吧。"这是第四天。

杭姿的来电时间都在夜里十一点到零点之间，她语速很快，没等我回复她已挂上了电话。

到了第五天，杭姿把电话打到了图书馆，这是下午四点一刻，我在馆内出版社和《字义钩沉》的初审编辑聊天，杭姿请人把电话转过来了，我刚刚拎起话筒，电话那头就传来杭姿有点失真的说话声。

"申屠么？我是杭姿。"她在哭。

"我是申屠，杭姿你在哪儿？"我问。

"我是个下贱的女人，你忘记我吧。"她说。

"你说什么呀杭姿。"我说。

"我昏头了，我铸下的错误只能用死来弥补，不，死也不能弥补。”她的声音越说越轻。

“杭姿你千万别干傻事。”我大叫。

“这个世界已经不属于我了，我打电话来，是告诉你今天晚上电视台有一场实况音乐会转播，我希望你能到时收看，再见。”

她把电话挂了，话筒里传来无休止的忙音，把我变成了雕塑。

等我回过神来，立刻打电话给询问台询问电视台电话。得到号码后，我又打给电视台，询问晚上转播的是哪场音乐会。一个声音沙哑的女人回答：“天地体育馆，大兵乐队演唱会。”

搁下电话，我的第一个反应就是去天地体育馆，既然杭姿让我看电视转播，我何不干脆身临其境呢。我从没有听说过什么大兵乐队。当然，天地体育馆是本城最大的室内体育馆，可我至少五年时间没去光顾了。无论发生什么事，我都要去看这场演出。于是未等下班，我就给科长打了个招呼，提前走了。

天地体育馆距离市立图书馆非常之远，一个在城北，一个在城南，等于是穿过整个市区，我骑了差不多两小时车才赶到那儿，此刻，已是傍晚六点半光景了。

体育馆门前已开始出现等待入场的人，我没有票，而且，按惯例，这类演出是没有当场票出售的。我只好等退票了，可是，我犯了一个很大的错误，我急急忙忙冲出图书馆，忘了把钱包从蓝大褂里掏出来，中午我去行政科买饭菜，把钱包放在褂子口袋里，结果忘记了取出。当我在体育馆边的一个角落里准备和一个票贩子成交时，才发现身上竟是分文全无，我一下子呆住了。

那个贩子骂骂咧咧地走了，我的脑子一下子乱了，七点钟演出就要开始，现在已是六点四十分，如果赶回去看电视，从体育馆到清辉大楼至少需要一个小时，我唯一能选择的只有就近找一个熟人，去看那场充满悬念的实况转播。

我把我所认识的人在脑子里过了一遍，我想起离此不远处住着一个大学同窗，是当时校园演唱组的成员，我有很长日子没有和他联系了，冒昧地去找人家看电视真是不合常情，但事已至此，也顾不上那么多了，凭着记忆找到了同学家。同学姓火（也是一个怪姓），见我从天上掉下来，很高兴，而我顾不上许多客套，寒暄没几句，就提出要看电视。火同学虽然有点纳闷和扫兴，还是立刻把电视机打开了。

我找到转播演唱会的那个频道，演出已经开始了。

火同学揶揄我："你这家伙，还喜欢这种演唱组，重温旧梦吧。"

我笑笑，闪烁其词地答应了几句，眼睛不离开荧屏。很快，我看见了那个长发青年，他是张军，我把他认了出来。他手持吉他，弹出一首我熟悉的调子，他的嗓音中充满迷幻的、飘忽不定的情绪，他唱的是《白色恋歌》：

白色的天堂谁也没有见过/白色的恋歌如同天上云朵/白色的姑娘你在我的身边/白色的肌肤在目光里害羞/白色的一只鸟带来白色的雪景和雪地上的温柔/白色的呼吸使我们拥在一起/白色的雪莲在阳光里害羞/白色的姑娘你在我的身边/白色的婚纱在月光里害羞

这首情歌对我来说耳熟能详，杭姿最爱唱的就是这首歌，在她翻来覆去弹唱的五首歌里，这是唯一一首走向婚礼的情歌，我想，这或许是杭姿偏爱它的原因吧。

演唱会在观众狂热的拥护声中进行，大兵乐队由五名长发青年组成，张军是主唱。应该说，他非常会唱歌，他的歌中糅合着类似黑人灵歌及节奏与布鲁斯音乐所具有的一种朴素而华贵的质感。两小时的演唱会中唱了将近二十首歌，包括《白色恋歌》在内的五首杭姿唱过的歌。张军在唱这些歌的时候，我有一种难以言传的困惑，这种困惑无疑是建立在嫉妒之上的。当然，张军的歌唱得很好，但他愈唱得好，我便愈觉得不安，好几次我都想关上电视不看了，却没有付诸行动，我的眼睛始终不离荧屏，我在等待什么呢。时间飞快流逝而去，演唱会渐渐进入尾声，张军在唱完一首《玫瑰河》之后，声明要唱最后一首歌了，他脱去了外套，穿一条红背心，他健壮的身躯引起观众席上女歌迷的一片惊叫。前奏缓缓升起，一位现场礼仪小姐从后台走出来，把一束瑰丽的鲜花献给张军。这束花异常茂盛，堆满了张军的前胸，礼仪小姐对张军耳语了一句，张军面带笑容，在光束的笼罩下走向观众，他扬了扬那束花大声说："非常感谢你们送来这束漂亮的花，感谢你们喜欢大兵乐队的歌，最后送给你们一首——《从这里走向永远》……”

从这里走向永远
失去的不仅仅是爱情
俏丽的姑娘走在河边
河水冲走了她的背影……

正在这时，一声巨响把我和火同学吓了一跳。电视里，张军怀中的鲜花突然爆炸，飞溅的花瓣在舞台上像五光十色的雨一样裹住了张军，他的手臂一下子被炸断了，脸上血肉模糊，人像被拔起的树一样滑倒在地板上，他肯定活不成了。

十秒钟后，镜头被拉开，观众席上的尖叫也被同时掐断。少顷，荧屏上出现这样一行字：转播出现技术故障，不能继续播出，希观众见谅。

我和火同学面面相觑，这样的事也许是国内电视直播史上没有先例的。这个偌大的城市哪怕只有十分之一的人收看了这档节目，用不了多久，这场实况转播的谋杀案也会到处传播了。当然，谁谋杀了张军，我已猜到了十之八九。火同学看我的眼光突然疑惑起来，对他来说，我对这场演唱会的热心也是值得怀疑的。此时我已没有解释的情绪了，我只知道，杭姿要永远离开我了，从火同学家出来，我有种彻底绝望的感觉，谁也救不了杭姿了，她杀人了。

她现在也许已经死了，死就是没有了，就像从来没有过一样永远没有了。想到这里，我哇的一声哭了出来。

这天夜里，我再也无法入眠，这是我在这间大房子里住的最后一夜，明天就要搬回地下室去了。我希望电话铃会突然响起，杭姿的声音在话筒那头出现。但是，没有。我知道，杭姿要死了，这比我自己死了还要让我不能接受。我的眼泪落在枕头上，我想起了白屋小学的小姑娘哭哭哭，想起了清辉大楼平台上弹唱的杭姿，想起了草琴宾馆唱港台歌的波波小姐，想起了缠绵温柔的我的情人。我越想越伤心，越想越受不了。我的双脚像鹅掌一样扑打，手捏成拳头痛击床铺。这是我难受到极点时的失态表现，我的哭再也止不住了，我大叫着：杭姿杭姿杭姿……

最后我没有力气了，我踏实了。我爬起来抽烟，抽了很多烟，把房间弄得跟迷雾天似的。我看着墙上的木钟，已经过了一点，我把收音机打开，电台正在放“你好说吧”，我对这个节目没有好感，现在只想听人说说话，随便是谁，随便说什么，只想听听人的声音。听着听着，迷迷糊糊了，然而我没有睡着，脑子里都是杭姿的影子，我只是闭上了眼睛，神智却在额头飘荡。这样，不知过了多久，我触电一般跳了起来，我竟然听到了杭姿的声音，没错，就是她的声音，她打进电话了，她在电波里说话，她在“你好说吧”里面，我看了一下时间，已过了凌晨四时，她要以此种形式说一说她的故事。她的声音里没有一丝悲伤的成分，叙述的口气十分平静，她原原本本地公开了她长长的爱情故事，我已领悟到这是她的临终遗言。

我叫杭姿，整个晚上我都在拨这个节目的电话，一直到现在才拨通。我之所以一定要打进这个电话，是因为我没有别的时间了，这是我的最后一夜，也是面对永恒夜晚的一个开端。我要说的这个故事是我自己的，我上初中的时候暗恋上了一个同班同学，我们都叫他大兵，其实我和他很早就是同学，幼儿园、小学，一直到初中。他是个大个子，非常高大，女同学都喜欢他，这种喜欢是建立在他的外表基础上的。他虽然不是非常英俊，但很有男子汉气，特别是他的高个子，在校园里很少见，宽宽的肩膀女孩子都想上去靠一靠，他宽厚的背影更让情窦初开的少女们怦然心动。当然，这样的情感很不可靠，只不过少女们的爱情最初都是从外貌开始的，我也不例外。

除了男子汉的体魄，大兵还有一样东西让我着迷，那就是吉他弹唱。他在校园里成立了一支演唱组，把台湾校园歌曲模仿得惟妙惟肖，校园里有一片夹竹桃林，演唱组常在那儿练唱，他们一共有四个人，清一色男孩。他们人手一把吉他，穿中山装，自称年轻人乐队，在校园的每个角落都会出现他们边走边唱的身影，他们有许多追随者，老是跟在他们身后，羡慕和崇拜他们，有不少同学也在暗中学起了吉他，我就是其中一员。

我是从琵琶开始转学吉他的，我母亲在一家军校教书，弹了一手好琵琶。我把要学吉他的想法说给她听，母亲很为难，原因有两个：一是她不会弹吉他，二是同样在军校当教官的父亲坚决不同意。父亲觉得吉他是一种庸俗的乐器，后来母亲想了一个两全其美的主意，先教我琵琶，因为琵琶是中国乐器，是国粹，父亲就不能说什么了，同时琵琶的弹奏手法与吉他有不少相似的地方，琵琶学好，改学吉他就很容易。我接受了母亲的建议。

我学琵琶十分认真，不久就能弹一些像《十面埋伏》之类的颇有难度的曲子了。虽然弹得断断续续，勉强成调，却给了我不少信心，这样，不觉过了两年。

我读的沃马中学是所完全中学，上了高中后，大兵和我没有分在一个班，我在理科班，他在文科班。由于年轻人乐队里有两个人转学了，这个乐队就解散了。大兵没有就此罢休，仍然怀抱吉他在校园里又弹又唱，剩下的那个搭档则在一旁为他伴奏。后来，他们在校园里贴出了一张告示，说要成立新的年轻人乐队，请有意者报名。

我去报名了，为了证明自己的诚意，我还用省下的零花钱买了一把吉他，声明吉他由他们保管。他们商量了一下，答应我加入他们的演唱组，但要求我必须在一个月内学会吉他，由大兵当我的辅导老师。

果然像母亲说的，吉他弹奏的许多技法和琵琶很相近，我学得很快，在我吉他技艺日益提高的时候，我的恋爱开始了。

有一天在学琴时，大兵说，这么多年我一直在注意你，你其实长得很美，而且一年比一年美，我很喜欢你的这种美。

他说这些话的时候非常坦诚，在此之前，我一直把自己看成一只丑小鸭，我不知道是从何时开始变得漂亮了，我已经注意到自己开始变美了。可是没有人告诉过我这一点，是大兵第一次说我长得很美。这使我不知说什么才好。我想我的脸肯定绯红一片。我看着他的眼睛，看着他把我揽进怀里，我把少女的初吻献给了他。那天，他给我说了他的梦想，他说自己要成为一个伟大的歌手，不预备考大学了，高中一毕业就去流浪，把音乐的种子播撒在天涯海角。我被他的浪漫计划感动得热血澎湃，信誓旦旦地说，到时跟他一起去，他走到哪儿我跟到哪儿，我们都被辉煌的未来控制住了，激动得全身颤抖。

后来我没有兑现誓言，考入了理工大学电子系。大兵真的没有高考，离开我们这个城市，出去闯荡了。他经常写信来，一会儿北上，一会儿南下，一会儿出现在一个少数民族地区。信封上的邮戳都是不同地方的邮局盖的。在我大学的两年里，他几乎跑遍了大半个中国，他一年中只有半个月回到我们这个城市，我看着他又黑又瘦的样子觉得他简直就像个英雄。有一年暑假，他又回来了，他组织了一个非常棒的乐队，取名大兵。他是主唱手，另外还有三个和他一样的长发青年，就是那个夏天，我把一切都献给了他，并且下定决心要跟着他。于是我离家出走了，这是悲剧的真正开始。本来说好我跟他们跑一个夏天，暑假结束后，继续回来上课。可不到一个星期我就回来了，是大兵把我送回来的。他走后，就再也没有他的讯息，直到前几天他才出现。那年暑假，我跟他们飞到了拉萨，他们在那儿有一个巢，一个三十岁的汉族女人把我和大兵安顿在一个房间，我在那儿一共住了四天。高原反应使我呕吐不止。于是大兵只好把我送了回来，然后，他就走了。

这时我已怀上了他的孩子，当我发现这一点时已经找不到大兵了，我面临的选择只有堕胎或生下孩子。当我决定选择后一种方式时，也意味着我必须要退学了，这个决定使父母大发雷霆，他们与我决裂了。

今天想来，我当时执意要生下这个孩子，是基于对浪漫爱情的迷恋，我认为这个孩子不是我一个人的，我没有权利主宰他的生命，而且我不可能料到大兵会就此一去不返，我那时深深地爱着大兵，为他生个孩子是一件令我感到幸福的事。

孩子是在那年暑假怀上的，当我和大兵憧憬未来的时候，他对我说，如果哪一天我们有一个小孩该多好。这句话几乎像蜜糖一样灌满了我的心灵。我接下去和他讨论起孩子称谓，讨论的结果是男孩叫橡树，女孩叫安吉拉。当然这些都是孩子的昵称。

那年暑假，大兵乐队刚刚成立不久，诞生了第一批作品，一共有五首歌，大兵承担了作词作曲配器和主唱。他已经从一个模仿台湾校园歌曲的中学生成长为一个真正的歌手了。虽然没有考大学，但相比学院派的保守，他的作品具有一种民间性格。在那五首歌中，有一首《白色恋歌》是去拉萨途中写的，大兵说是专门为我写的。那首歌的歌词和其他作品相比，显得温情脉脉。这是我比较喜欢的一首歌，因为它描绘的是一幅少女出嫁的图画。这首歌像冬天的阳光般迷惑着我，我坚决要生下那个孩子与它不无关系。

从拉萨飞出来后，我们换了火车，我一直发着烧，嘴唇都焦了。大兵为我忙这忙那，许多乘客都夸他好，暗里对我说，你真有福气，找了个这么体贴的丈夫。我一听，眼泪都快流出来了，知道再也离不开他了。

我离家出走后，父母不愿再接纳我，我只好住到外婆那儿去，她是个寡居的老人，一个人住在一幢老式大楼的顶楼大房子里。我回来后，大兵陪了我一个星期，每天早上来晚上回去，他的家离我住的地方骑自行车半个多小时，他给我买来吃的，弹吉他给我听，我本来没什么大病，不过是高原反应闹的，回到自己的城市，我恢复得很快，再加上他悉心照料，就全好了。

大兵走的那天，不知从什么地方抱来了一只猫，这只猫出生不久，全身像棉花一样软乎乎的，大兵说是他们邻居家的一只老猫刚下的崽，这只猫通体雪白，十分可爱，我真是爱不释手。这天晚上，大兵走了，把猫留给了我。他说事先约好和伙伴们在成都会合，我把他送上了火车，他说他很快就会回来的，但他骗了我。

用一句古话来说，他从此“黄鹤一去不复返”了。他走后的第二天，那只猫变了颜色，露出黄色的毛。我不知道这是怎么回事，当然这可以理解成大兵跟我开了个玩笑。这种玩笑有什么意思呢。我感到非常委屈。

我怀孕后，父母不要我了。我当时只有一个念头：把孩子生下来，别的什么都不管。但是我没能留下这个孩子，怀孕七个月，由于一次突如其来的腹泻，住院的当天下午，我早产了。医生说那是个女孩，我悲痛欲绝，几乎不想活了，回想腹泻的原因，我曾吃下了一些鱼干，它们似乎有一点霉味了，可我认为这是不碍事的，津津有味地嚼烂它们，吞进了肚子，结果杀死了腹中的婴儿。

女儿夭折后不久，外婆也死了。那一年对我来说，真是多灾多难，如果不是惦记着大兵回到身边，我真是没有活下去的理由了。

为了生计，我开始在一家大宾馆里卖唱，歌厅老板送给了我一个名字：波波。我穿着半透明的衣服在台上唱最时新的港台歌，我挣的钱比其他卖唱者都要多，我学会了大把大把花钱买时装和化妆品。我用挣钱和花钱来打发自己的空虚。

从那时起，我也成了一个让人觉得奇怪和讨厌的人。每天有两件必做的功课，一是为那只猫洗澡化妆，我把死去女儿的名字送给了它，叫它安吉拉，把它的毛涂成白色，大楼里的人本来看到的是一只难看的黄猫，发现它变成了雪白的假波斯猫，对我为什么要伪装它感到大惑不解，只是他们虽然表示奇怪却也无话可说，因为我没有妨碍他们。但我的另一门功课就让他们讨厌了，每天夜晚从宾馆回来，总要弹唱那五首大兵乐队的歌，不，他的歌。冷天我坐在门前的走廊上弹唱，热天我在大楼的平台上弹唱，他们一开始好言相劝，后来发展到骂人，我充耳不闻。后来，大楼里的人都用一种恼火的眼光看我，我视而不见，我变成一个恬不知耻的女人了。

后来，我的生活中又出现了一个男人，那是今年夏天的事。他是我小学时的同学，十多年不见，他也搬到我住的那幢大楼里来了，他住在地下室，我在顶楼，他很爱听我唱歌，就到平台上来了。后来他认出了我，我知道他暗恋我，我们的恋情是从一个雨天开始的，那天他和我一起去了我卖唱的那个宾馆。他看着我在台上庸俗不堪的样子，非常生气，他这个人并不是非常有情趣，倒还是有一点小聪明和进取心，人也不错，后来我差不多有点喜欢上他了，我们同居了。他非常爱我，这我知道，但我在和他干那件事的时候总想着大兵，我知道这对他太不公平了，但我没有办法，有的时候我清醒过来，知道是在同他做爱，我就想，你要我吧，反正大兵不会回来了。如果你喜欢，你都拿去好了。这样的想法对他很残酷，却可使我的情欲保持不衰，那段日子我们像着了魔一样沉迷于做爱，如果不是大兵的突然出现，我迟早会嫁给他的。

当然，大兵在失踪那么久之后再度出现，从理智上讲，我已无法接受他了，我既然与一个我不十分中意的男人同居了，其实也说明，大兵在我的心中已经被涂掉了，他已经死了。可惜我并没有控制住自己的理智，我的情感告诉我，虽然我恨过他，我仍然是爱他的，只不过这种爱因为麻木而变得畸形了，这种畸形是时间造成的，可以同样用时间来修复。我产生这种单纯的想法有一个由头，那就是大兵送回了我的白猫。

白猫是在农贸市场走失的，找了很长时间都没找到，结果大兵抱着它来敲响了我家房门。他让我跟他走，他说他这些年没有来找我是因为要闯出一片天地后来见我，他说他现在马上要成功了，他和他的大兵乐队已和台湾的一家大公司签了约，开始了国内巡回演唱会，他这次回来算是衣锦还乡了，演唱会的第一站就是我们这个城市。我一口回绝了他，理由是自己快要结婚了。他很吃惊，就走了。走前他对我说，如果你来找我可以到花王大酒店南楼六层，我们一班人都住在那儿。这时我现在的男友刚洗完澡出来，他们照了个面，大兵离开了，其实他们也曾是小学同学，我现在的男友没认出大兵，大兵却一眼认出了他，这是次日我去找大兵时他告诉我的。

我之所以去找大兵只有一个借口说服自己。大兵来我家的路上，无意中发现了受伤的安吉拉，并且把它送了回来，这对我来说是不可理喻的，因为安吉拉已从当年的猫崽长成了大猫，他居然能够把它从路边的角落里认出来，这太不可思议了。一来它涂上了白色，虽然已经斑驳，毕竟是伪装过了，二来它受了伤，身上又脏又有血污，他是靠什么认出它来的。他既然能将一只猫记得这么深刻，说明他的确没有忘记我，或许是他的虚荣心太强了，非要混出点名堂来炫耀给我看，其实又何必呢，我从来没有小看过他。

于是我被自己说服了，第二天一早我去了天地体育馆旁的花王大酒店，找到了他。我问他是怎么认出安吉拉的。他说我认人只认眼睛，动物也一样，眼睛是最准确的，是最不能掺假的，我也认出了你要嫁的人，他是我们在白屋小学时的同学娃娃脸对么？他也许没有认出我，我却一眼认出了他，不，认出了他的眼睛，虽然他戴上了近视镜。任何人的眼睛都骗不了我。你的也是，你的眼睛告诉我你仍然爱我。留下吧，我的小姑娘。一听他叫我小姑娘，我再也忍不住哭了出来，这是他对我的昵称，几年没有听到这种称呼了，我忍不住扑进他怀里哭了。

我不知道我留下来将是一个错误，一个无可挽回的可怕的错误，我昏头了，这么快就原谅了他，我没有把女儿夭折的事说给他听，怕他感到内疚。他把我介绍给他的伙伴们，大兵乐队与当初比较，阵容改了，队员增加到了五个，只有一个大鼻子队员我那年暑假见过，其余都是陌生面孔，他们租用了花王大酒店南楼六层的全部客房，这是离天地体育馆最近的一个大饭店，演唱会的组织机构和演职人员都住在这儿，大兵自己有一个房间，当天晚上我没有回去，和他住在了一起。

这是一个错误的开端，我一共在花王大酒店住了四个夜晚，每天只给我现在的男友打个电话，不等他说话，我就挂了，我这样的行为太不负责任了，所以接下来发生的事就是报应吧。

大兵乐队的经理人是一个五十多岁的中缅混血儿，会说半生不熟的汉语，大兵把我介绍给他后，他总是用一种不安分的眼光看我，我把这告诉了大兵，他说不碍事的，你长得漂亮，人家才多看你几眼。我说，他老是有事没事来我们房间至少不礼貌吧。他说，我在你放心好了，不会有什么事的。

我很快发现，大兵怕这个阴阳怪气的小老头。大鼻孔歌手私下告诉我，这个小老头其实是投资代表人，大兵乐队的开销以及出版大碟录音带、开演唱会的经费都掌握在他手中，可以说，大兵乐队某种程度上是受他控制的。当然你也可以摆脱他，另外投靠投资人，但这很困难，所以大兵只能让他三分，虽然他很有才华。

知道这个底细，我愈发不安起来，只不过自己始终不离大兵左右，我并不认为这种不安会转化成灾难，可是，一切还是不可避免地发生了。

我住在花王大饭店的第四个晚上，也就是昨天晚上，不，现在应该算是前天晚上了。他们办了一个演唱会前夕的酒会，酒会结束后，大兵让我先回客房休息。一个小时后，他回来了，我刚与现在的男友打完电话，在窗边眺望城市的夜景，他托着两只高脚杯走到我跟前，第二天他就要上台了，我预祝他成功，然后接过酒杯，一饮而尽。后来我就没有知觉了，当我第二天早上醒来的时候，事情无法挽回地发生了，我居然睡在了那个小老头的身边，我心爱的男人亲手把我送到了别人的床上，这使我肝胆俱裂，我知道我再也没有理由活下去了，同样我也不会让他活下去，他太下流。我离开了花王大酒店，找了个僻静的地方痛哭一场，我想了一个杀人计划，且立刻开始着手实施。我在大学时学的是电子，我准备搞一个爆炸装置，这对我来说并不难，我买来了配件和一些代用品，又搞到一个遥控器，与做成的爆炸物连接起来。完工后，我去买了一大丛鲜花，扎成一个大花束，把爆炸物藏在里面，等待黄昏的到来。

大兵乐队的演唱会是电视台现场直播，相信有许多人已经看到那个爆炸场面了，这就是我一手策划的。我成功了，我杀死了他，现在，我也要死了，我现在告诉你们，我是在草琴宾馆的902房间给电台打直播电话，现在已是晨曦初露时分，而我面对的将是永恒的夜晚，永别了世界。

杭姿话音刚落，我便冲出了房门，我蹬着自行车，发疯一样驶向草琴宾馆。当我赶到出事地点时，已有许多公安人员在那儿了。电梯把我送到了九楼，我奔到 902 房间，两名穿白大褂的人正在推出一具尸体。杭姿已经死了，白布遮住了她全身，我一下子瘫在地上，心猛地沉到了脚底，不，它掉到了我的体外。

验尸结果，杭姿死于杀虫剂中毒，此外，法医在她体内还发现了一根项链，所以说吞金也是她致死的部分原因。无疑，那根项链正是我送给她的定情之物。

杭姿死后，我从那间大房子里搬了出来，那个女电梯员对我说："我早就说过，你如果不离开她，肯定会倒霉的。"我冲她龇了下牙，把她吓了一跳。

我重新住进了地下室。不久，我开始了卖唱生涯。我在三流歌舞厅串场子，和女人们鬼混，后来在一次扫黄行动中，被同伙揭发，以流氓罪被判了刑。我住进监狱后，市立图书馆退回了我的《字义钩沉》手稿。据那个前来探监的初审编辑说，我的这本书已通过了终审，如果不是我犯事，很快就要出版了。

我想我都已经是流氓了，还要出版什么书呀，流氓就是流氓，流氓去搞学问本来就是对知识的亵渎。我把那些手稿一页页撕碎了，弄得地上一片苍白，像上坟似的，我被狱监教训了一通，我害羞地冲着他笑了。

请记下你与日子的美好相遇

请记下你与日子的美好相遇

请记下你与日子的美好相遇

请记下你与日子的美好相遇

请记下你与日子的美好相遇

请记下你与日子的美好相遇

请记下你与日子的美好相遇

请记下你与日子的美好相遇

请记下你与日子的美好相遇

请记下你与日子的美好相遇

请记下你与日子的美好相遇

请记下你与日子的美好相遇

请记下你与日子的美好相遇

请记下你与日子的美好相遇